SOPHIE WINTER

Filou – Ein Kater rettet die Liebe

GOLDMANN
Lesen erleben

Buch

Beaulieu, Südfrankreich: Kater Filou und sein bester Freund, der Mops Fidel, haben schon viel Aufregendes erlebt in ihrem beschaulichen Dorf. Doch eines Tages wird ihre Freundschaft auf die Probe gestellt – Fidel hat sich verliebt, in eine schwarze Hundedame, Begleiterin einer Besucherin. Der weiße Mops bemüht sich mit allen Mitteln um die Aufmerksamkeit seiner Angebeteten, ja, er nimmt sogar ab – doch wenig später ist die schwarze Schöne fort. Fidel bricht das Herz. Er frisst und trinkt nicht mehr, bis er endlich Mut fasst und sich auf den Weg macht, um sie zu suchen. Ganz klar, dass Filou den Freund nicht im Stich lässt. Er folgt seiner Fährte. Und damit beginnt ein neues großes Abenteuer für beide …

Weitere Informationen zu Sophie Winter
sowie zu lieferbaren Titeln der Autorin
finden Sie am Ende des Buches.

Sophie Winter

Filou

Ein Kater rettet die Liebe

Roman

Mit Illustrationen
von Beate Fahrnländer

GOLDMANN

Dieses Buch ist auch als E-Book erhältlich

MIX
Papier aus verantwortungsvollen Quellen
FSC® C014496
FSC www.fsc.org

Verlagsgruppe Random House FSC-DEU® N001967
Das FSC®-zertifizierte Papier *Holmen Book Cream* für dieses Buch liefert Holmen Paper, Hallstavik, Schweden.

1. Auflage
Taschenbuchausgabe Mai 2015

Dieses Werk wurde vermittelt durch
die Michael Meller Literary Agency GmbH, München.
Gestaltung des Umschlags: UNO Werbeagentur München
Umschlagfoto: FinePic®, München; nico piotto/getty images;
plainpicture/Design Pics
Innenillustrationen: © Beate Fahrnländer / die KLEINERT.de
Redaktion: Regina Carstensen
BH · Herstellung: Str.
Druck und Bindung: GGP Media GmbH, Pößneck
Printed in Germany
ISBN: 978-3-442-48262-7
www.goldmann-verlag.de

Besuchen Sie den Goldmann Verlag im Netz

EINS

Also, zu meiner Zeit hätte es das nicht gegeben.« Filou saß steif vor Abscheu vor dem altersschwachen Eisenzaun um den grauen Obelisken und zuckte nervös mit der Schwanzspitze. »Unmöglich. Un-denk-bar.«

»Jaja«, seufzte Fidel. Filous Freund, der Mops, lag lang ausgestreckt neben ihm. Es war ihr Lieblingsplatz, das Gärtchen um das Kriegerdenkmal auf der Place de la Patrie im Herzen von Beaulieu, dem ganz gewiss schönsten Dorf Südfrankreichs. Hier trafen sie sich regelmäßig, wenn Fidels Herrchen im Café saß, die Zeitung las und die Dienste seines treuen Hundes nicht benötigte. Das Sonnenlicht sickerte durch die Zweige eines Rosmarinstrauchs, eine weiche Brise fächelte den Duft von Milchkaffee und warmen Croissants herüber, und die Bienen waren so mit dem blühenden Rosmarin beschäftigt, dass sie nicht weiter störten. »Ach ja.«

»Ich hätte nicht überlebt. Keine Woche. Keinen Tag. Wenn ich nicht hart gegen mich selbst gewesen wäre.«

»Ja. Oh ja.« Fidel gähnte so tief, dass sich sein rosiges Bauchfell spannte.

»Ich habe von morgens bis abends geschuftet. Und wurde es mir gedankt? Nein.« Filou legte die Schnurrbarthaare an und ließ die Ohren hängen. Soweit Katzenohren das konnten.

»Ach ja. Ja.« Der Mops rekelte sich auf der warmen Erde. »Vielmehr: nein. Und du hast natürlich recht.« Man musste Leute bestärken, die sich ausjammern wollten. Das hatte mehr als einen Vorteil, der größte war, dass bei positivem Feedback das Thema schneller durch war. Filou allerdings hörte sich an, als ob er sich gerade erst warmlief.

»Wurde mir etwa das Futter auf silbernen Tellerchen serviert? Hab ich vielleicht die Hälfte stehen gelassen? Wurde ich gestreichelt und gelobt und gehätschelt, ohne dass es dafür auch nur den geringsten Anlass gab? Non, non et non!«

»Jaja.« Mops Fidel öffnete das linke Auge und schloss es hastig wieder, als er das grimmige Gesicht des Freundes sah. »Neinnein, wollte ich sagen.«

»Eins mit der Tatze habe ich bekommen, wenn ich nicht spurte.« Filous Schwanzspitze zuckte schneller. »Eins hinter die Ohren, wenn ich Widerworte gab.«

Fidel öffnete das Maul mit den spitzen weißen Zähnchen und gähnte wieder. »'tschuldigung«, murmelte er. »Ich habe schlecht geschlafen.«

Filou ließ sich nicht unterbrechen. »Und heute? Der junge Herr liegt stundenlang im Sessel und widmet sich der Pflege seines kostbaren Fells. Frisst nur vom Feinsten und bloß nicht zu viel, es gibt ja reichlich und das dreimal am Tag. Bewegung? Nur das Allernötigste.«

»Ja, so sind sie«, murmelte Fidel und leckte zwei blaue Rosmarinblüten von seinem makellos weißen Hinterbein. »Verwöhntes Pack. Nichts mehr gewohnt.«

»Springt höchstens, wenn Frauchen die Plüschmaus wirft. Würde vor einer echten Maus wahrscheinlich schreiend davonlaufen.«

»Hmhm.« Der Mops ließ von seinem Hinterbein ab und hob den Kopf. »Na ja. Du warst doch auch kein großer Mauser, wenn ich mich recht erinnere, oder?«

»Aber ich habe gekämpft! Gekämpft! Ums pure Überleben!«, fauchte Filou und legte die Ohren an. In einem Moment der Schwäche hatte er Fidel erzählt, dass er keiner lebenden Kreatur etwas zuleide tun konnte. Weder einer vor Angst gelähmten Maus noch einer flügellahmen Meise.

»Klar, alter Junge. Sicher hast du das. Beruhige dich.«

»Während Sohnemann glaubt, das Leben wäre ein Bett im Rosengarten.«

»Nun lass ihn doch. Er ist noch klein. Er wird schon.« Fidel blickte seinen alten Kumpel aus feuchten braunen Augen an. Bei Menschen half der treue Blick, aber so ein Kater ließ sich von beseelten Hundeaugen nicht erweichen.

»Klein? Als ich in seinem Alter war, lag ich auf der Straße, hilflos und mutterlos.«

Fidel ließ den Kopf auf die Vorderpfoten sinken und schloss die Augen. »Freu dich doch, dass es Felix besser geht als dir«, murmelte er. »Dass er eine Mutter hat. Und sogar einen Vater.«

»Ich kenne alle Höhen und Tiefen des Lebens! Und hat mir das vielleicht geschadet? Na? Sieh mich an!«, zischte Filou.

Fidel öffnete erst das linke, dann das rechte Auge und musterte seinen prächtigen roten Freund. »Nein, es hat dir nicht geschadet. Du siehst großartig aus«, murmelte er schließlich. »Aber ...«

»Was aber?«

»Deine schlechte Laune bekommt dir nicht.«

»Schlechte Laune? Ich?«, knurrte Filou mit gesträubtem Nackenfell.

»Ja, du. Du kennst seit Tagen kein anderes Thema. Dein Sohn, die Jugend von heute, früher ging es hart, aber gerecht zu, was mich nicht umbringt, macht mich stark. Undsoweiterundsofort.«

»Ist doch wahr! Der Kleine hat keine Ahnung vom Leben!«

»›Die Jugend von heute liebt den Luxus, sie hat schlechte Manieren und verachtet die Autorität.‹«

»Na bitte, du sagst es also auch.«

Fidel seufzte. »Der Spruch stammt vom griechischen Philosophen Sokrates. Um 470 bis 399 vor Christus. Es hat sich offenbar in den letzten paar tausend Jahren nicht viel verändert.«

Aber Filou hörte nicht zu. Sein Schweif peitschte den Rosmarinbusch, der ihn mit kleinen blauen Blüten berieselte. »Was ist, wenn ihm was passiert? Wenn er allein ist? Niemand ihm hilft? Wenn …« Er ließ einen leisen Klagelaut hören.

Der Mops hielt inne. Hatte er Filous Wehklagen womöglich falsch verstanden? Machte er sich ernstlich Sorgen um seinen kleinen Racker? Oder ging es in Wirklichkeit um etwas ganz anderes? Er holte Luft.

»Bist du sicher, dass du dich über Felix ärgerst?«

»Über was oder wen denn sonst?«

»Nun – versteh mich bitte nicht falsch, aber: Vielleicht ist Felix gar nicht dein Thema, Alter.«

»Quatsch«, murmelte Filou, der seinen Kopf zur Seite drehte. Typische Konfliktvermeidungsstrategie. Jedenfalls bei Katzen.

»Du bist das Thema, mein Freund«, sagte Fidel leise. »Du bist das Problem.«

»Blödsinn.«

»Und weißt du, warum?«

»Du wirst es mir sagen, Klugscheißer«, knurrte Filou.

»Gern. Dir fehlt eine Aufgabe.«

»Wie bitte? Und das, wo ich den ganzen Tag über…«

»Stattdessen machst du dir Sorgen. Und das passt nicht zu dir.«

Fidel widmete sich betont seinem anderen Hinterbein. Da waren zwei Ameisen, die sich durch sein glänzendes weißes Fell kämpften, und die gehörten nicht dahin. Als er wieder aufblickte, war Filou fort. Er sah ihn gerade noch um die Ecke huschen. Jetzt ist er beleidigt, dachte der Mops, aber er hatte nicht vor, dem Freund zu folgen. Das war viel zu anstrengend. Und im Übrigen – was würde Herrchen sagen, wenn er aus dem Café käme, ohne dass sein Hund auf ihn wartete? Ein Hund wusste, was sich gehört.

Bei Katzen war das anders. Sie bildeten sich etwas ein auf ihre Unabhängigkeit und ihren eigenen Willen und darauf, dass sie nichts und niemandem untertan waren. Sie nannten es Freiheit. Ein großes Wort. Aber glücklich – glücklich machte sie offenbar nicht, die Freiheit.

Fidel suchte nach der Leine, die er Herrchen stets hinterhertrug, zum Zeichen ihrer Verbindung. Er für sein Teil wollte nicht frei sein. Er wollte das süße Band der Abhängigkeit spüren. Er nahm sie zwischen die Zähne, erhob sich und trug sie würdevoll hinüber zum Café, wo Herrchen über der Zeitung brütete.

»Na, Fettsack?« Herrchen beugte sich hinunter und tätschelte ihm den Kopf. Und dann nahm er die Leine und ließ sie in den Ring an Fidels Halsband einschnappen. »Ich weiß doch, was du brauchst.«

ZWEI

Wenn man selbst von seinem besten Freund nicht mehr verstanden wird, hat das Leben seinen Sinn verloren, dachte Filou. »Du bist das Problem«, hatte Fidel gesagt. Ungeheuerlich! Und zutiefst ungerecht.

Während er lustlos am Platz hinter dem Kriegerdenkmal vorbeitrottete, hörte er die alten Männer des Dorfs Pétanque spielen. Normalerweise provozierte ihn das »Klack!« der Kugeln, wenn sie auf dem harten Boden aufprallten und gegeneinanderstießen. Ihn überkam dann stets der unwiderstehliche Drang, hinterherzulaufen und eine der Kugeln zu fangen. Aber diesmal ließ ihn das kalt.

Er kam sich unendlich allein vor. Dass er mit Josephine über ihren gemeinsamen Sohn nicht reden konnte, verstand sich von selbst. Eine Mutter ließ auf ihren Sohn nichts kommen. So war das auch mit seiner Maman gewesen. Sie hatte ihn vergöttert, umschnurrt und umschmeichelt, sodass er sich als der schönste und glücklichste Kater auf Erden fühlte. Bis es eines schrecklichen Tages passiert war. Er hatte sie im Straßengraben gefunden, noch warm und weich, aber reglos. Stunden hatte er neben ihrem erkaltenden Körper ausgeharrt und darauf gewartet, dass sie wieder aufwachte. Bis Lucrezia ihn fand. »Deine Mutter ist tot. Hör auf zu heulen und komm mit«, hatte sie barsch befohlen.

Nein, er war wirklich nicht verzärtelt, nicht so wie Felix. Er hatte das Überleben gelernt, oh ja, auf die harte, die ganz harte Tour. Alles hatte er sich erkämpfen müssen. Doch sein Sohn lachte nur, wenn er ihm von den alten Zeiten erzählte, als sich die Katzen von Beaulieu und Umgebung um die Überreste prügelten, die am Ende des Markttags liegen blieben, um schleimige Fischreste und knochenharte Käserinden. Felix kannte nur feinstes Tütenfutter. Und die Katzen von Beaulieu und Umgebung zankten sich schon lange nicht mehr, seit Maurice, Garibaldi und Diabolo das Kommando übernommen hatten. Die drei schwarzen Brüder führten ein strenges Regime, in dem jeder seinen Platz hatte, und unterdrückten jeden Versuch, sich davon zu befreien. In Beaulieu herrschte seither Ruhe. Friedhofsruhe.

Filou überquerte gedankenverloren die Grande Rue, die zwar nicht wirklich groß war, aber groß genug für regen Straßenverkehr. Fast hätte ihn ein Auto erwischt, dessen Fahrer ihm wütend hinterherhupte. Der große Bottich mit dem Oleander lockte mit allerhand Duftspuren. Doch die interessierten ihn heute nicht. Auch der köstliche Geruch nach frischem Brot, der aus der Bäckerei strömte, vermochte ihn nicht zu reizen. Aus der offenen Tür von Brunos Bar quoll wie immer ein hässlicher Gestank nach Zigaretten und Pastis; dort lief er schneller und bog links ab, in die Ruelle des Camisards. Vor dem Haus mit den leuchtend rot gestrichenen Fensterläden lag Yapper, der alte Quälgeist, der sich nicht ein einziges Mal dankbar dafür gezeigt hatte, dass Fidel und er ihm im letzten Sommer das Leben gerettet hatten. Früher hatte es der Dackel für seine Pflicht und Schuldigkeit gehalten, andere Lebewesen mit wildem Gekläffe durch die Gassen zu jagen. Heute ignorierte er alles, sogar Katzen. Er wurde alt.

Links ab in die Rue Basse. Hier, im Keller eines alten Steinhauses, hatte Filou einst gewohnt, mit Lucrezia, dem großen grauen Scheusal, das ihn aufgenommen hatte nach Mamans Tod. Aus reiner Herzensgüte, wie sie nicht müde wurde zu behaupten. In Wirklichkeit hatte sie ihn gnadenlos ausgebeutet. Die alte Luc war ein gerissenes Miststück, die nur eine Kreatur auf dieser Welt liebte: sich selbst. Dabei hatte sie es ihm, nur ihm zu verdanken, dass sie heutzutage im warmen Nest hockte. In Paris. Bei Marla.

Der Gedanke an Marla peinigte ihn mit Bildern von glücklichen Zeiten, als er noch jung und unschuldig war. Eines Tages war er in einem verwunschenen Garten aufgewacht, gebettet auf weiches Gras unter einem duftenden Mimosenbaum, geweckt von einer Mädchenstimme, die geheimnisvolle Worte deklamierte. *Passiflora caerulea. Arbutus unedo. Nepeta cataria.* Filou bildete sich ein, den betörenden Geruch der Katzenminze in der Nase zu haben, vermischt mit dem Duft der Mimosen, deren Blüten während der Nacht auf ihn herabgeregnet waren.

Marla, die eigentlich Maria Lara hieß – aber wer wollte schon so heißen? Die ihn mit Erdbeeren und Möhren fütterte, weil das gesund war. Die Bällchen warf, die er fangen musste. Die mit ihm floh, als ihre Eltern ihn kastrieren lassen wollten. Und die er verlassen hatte, als sie mit den Eltern nach Paris ging. Ja, er war zurückgeblieben, damals, hatte sich aus dem Auto gestohlen, heimlich, damit alle anderen Tiere bei Marla bleiben konnten. Das hatte er nicht nur einmal bereut.

Marla hatte ihn aus tiefster Armut gerettet, ihn und leider auch Lucrezia, mit der er im finsteren Kellerloch gehaust hatte. Aber das alles war lange her, und das Haus in der Rue Basse hatte neue Besitzer, die es so gründlich renoviert hatten, dass weder Katz noch Maus ein Löchlein finden würden zu einer Herberge, die vor den Herbststürmen und den Winterfrösten schützte.

Er überquerte die Gasse und lief hinüber zu den Gemüsegärten, in denen die Tomatensträucher jeden Tag größer wurden. Hinter den Gärten führte ein gepflasterter Weg den Berg hinauf. Hier war es feucht und kühl, Moos schimmerte zwischen den Pflastersteinen, und vertraute Gerüche stiegen ihm in die Nase. Fast hätte er der Versuchung nachgegeben und sich jedem

einzelnen Duft gewidmet, um seine Botschaft zu entziffern. Früher waren Maultiere hier hinaufgelaufen, hieß es, mit schweren Lasten auf ihren Rücken. Doch deren Gerüche hatten keine Spuren hinterlassen.

Der Pfad wand sich den Berg hoch, bald wuchs kein Moos mehr zwischen den Steinen, sondern wilder Thymian. Am Wegesrand wucherte der Buchs, der wie ein halbtoter Marder stank. Buchs war giftig, das hatte Maman ihm eingeschärft, so giftig wie Christrosen und Goldregen und Efeu. Oben, auf dem Plateau unterhalb der Felsspitze namens »Roche du Diable«, reckten Wacholderbüsche ihre dornigen Zweige in die Höhe. Auch die waren giftig. Felix hatte ihn ausgelacht, als er ihn vor solchen Pflanzen warnen wollte. »Was soll ich denn mit den stacheligen Dingern und den stinkenden Büschen? Die schmecken doch gar nicht, Dad!« So ein kleiner Klugscheißer.

Filou machte es sich auf seinem Lieblingsplatz bequem, auf einer von der Sonne erwärmten Felsnase, von der aus er ganz Beaulieu überblicken konnte. Hier pflegte er Wache zu halten über alles, was er liebte. Ja, das Leben war schön. Ach was: Es war großartig. Er hatte eine Familie, Josephine, seine große Liebe, und den gemeinsamen Sohn Felix. Und er hatte eine Heimat: ein Haus mit dicken Mauern, in dem Marla und ihre Eltern gewohnt hatten und in dem heute Henri und Isabelle lebten, der Musiker und die schöne Isabo aus dem Café am Markt. Ja, er mochte auch Henri und Isabelle, er und Josephine und vor allem der kleine Felix hatten die beiden schließlich erfolgreich verkuppelt. Alles war gut.

Wenn nur diese verdammte Unruhe nicht wäre. Diese Unzufriedenheit. »Du bist das Thema«, hatte Fidel gesagt. Das saß wie ein Stich mitten ins Herz.

Die Sonne stand schon tief. Filou legte den Kopf auf die Vorderpfoten und schaute zu, wie sie in einem rotgoldenen Rausch versank. Und langsam, ganz langsam, wagten sich die ersten Sterne vor. Erst der eine, der besonders hell leuchtete, er nannte ihn den Abendstern. Dann die unzählig vielen anderen. Und endlich stand der Mond am Himmel, ganz schmal war er geworden; er lag auf dem Rücken, wie ein Faulenzer in der Hängematte. Wie Felix, dachte Filou und lachte das erste Mal an diesem Tag über sich selbst. Wahrscheinlich hatte Fidel recht. Der Kleine würde seinen Weg gehen, und es war doch eigentlich schön zu wissen, dass es ihm nicht so schwer gemacht werden würde wie seinem Vater.

Und doch – man musste Gefahren kennen, um sie zu erkennen. Man musste wissen, wann man entspannt bleiben konnte und wann man wachsam sein musste. Es hatte in Beaulieu einen hübschen blaugrauen Kartäuserkater gegeben, der nicht nach rechts noch nach links schaute, wenn er die Straße überquerte. Er war der festen Überzeugung, die Autos würden wie von

Geisterhand stehen bleiben, wenn er sich nahte. Lange Zeit ging das gut. Immer wenn man quietschende Bremsen, lautes Hupen und ärgerliche Menschenstimmen hörte, hieß es: »Dion ist wieder unterwegs!« Doch eines Tages hatte ihn Monsieur Eveque übersehen, der war schon alt und trug eine Brille – und vielleicht hatte er auch nur die Bremse verfehlt.

Das war's dann für den schönen Dion. Filou hatte die Geschichte oft erzählt, damit Felix daraus lernte. Doch der wollte nicht lernen.

»Aber sie bleiben *immer* stehen, wenn wir kommen«, pflegte der Kleine zu krähen. »Weil wir so schön sind!«

Ja, das hatte Dion ebenfalls geglaubt.

Filou sog die kühle Nachtluft tief in sich hinein. Es stimmte, alle standen still, wenn er und Felix ihre Runde durchs Dorf machten. Die Nachbarn riefen »Minouminouminou«, die Touristen schnalzten mit der Zunge und lockten sie mit Stückchen von ihren Schinkenbaguettes. Doch auf solche Freundlichkeit konnte man sich nicht verlassen.

Wie also konnte er Felix zeigen, woran man Gefahren erkennt und wie man sie vermeidet?

Das Gewitter der Zikaden, das lauter und lauter geworden war, ebbte ab. Ein Käuzchen rief. Unten im Tal, von den Teichen her, übertönte der Ruf des Glockenfroschs das Quarren der Kröten. Nur ein Geräusch fehlte völlig. Kein Schrei einer empörten Katze oder eines kämpferischen Katers war zu hören.

Das hatte Beaulieu seinen geheimen Herrschern zu verdanken. Alle Katzen ächzten unter dem Regime von Maurice, Garibaldi und Diabolo. »Groß, schwarz, stark – mehr Kater braucht es nicht«, lautete ihr Wahlspruch. Als der große Magnifico noch lebte, war ihre Herrschaft gemildert durch seine Weisheit. Doch nach seinem Tod setzten sie mit brutaler Unterdrückung durch, was sie Ruhe und Ordnung nannten. Sie beanspruchten die besten Happen an Markttagen. Sie duldeten keinen Widerspruch und keinen Widerstand, Ausreißer wurden gebissen und geschlagen, bis sie kuschten. Keiner wagte, gegen ihre Herrschaft aufzustehen. Und während die drei Brüder immer frecher und fetter wurden, wanderten andere aus, bevor sie so dünn und struppig wie Mignon wurden, die man eines Tages tot vor dem Kirchenportal gefunden hatte. Verhungert.

Filou schämte sich fast ein bisschen für das gute Leben, das er heute führte. Niemals würde er die mageren Zeiten vergessen, die hinter ihm lagen. Ja, sein Sohn sollte, er durfte es besser haben. Ach was: Alle sollten es besser haben als er, dem damals niemand auch nur eine Fischgräte gegönnt hatte! Vielleicht musste man endlich etwas tun? Wenigstens gegen die eigenen Unterdrücker, wenn man schon nicht die ganze Welt retten konnte?

Was tun, das war gut. Aber was?

DREI

Filou musste über all den wichtigen Gedanken eingenickt sein, denn plötzlich schreckte er hoch. Ein gewaltiger Schrei drang durch die abendliche Geräuschkulisse, der sich aufblähte und ausdehnte und bis nach oben auf den Roche du Diable schraubte. Sein Körper reagierte instinktiv, sofort war er auf den Beinen, sein Fell sträubte sich, sein Rücken krümmte sich zu einem Buckel, und ein drohendes Knurren drang aus seiner Kehle. Der Schrei verebbte langsam, bis er in ein tiefes Gurgeln überging. Aber er konnte jederzeit wieder aufbranden.

Oh, wie er diesen Laut kannte! Man hatte ihn lange nicht mehr gehört in Beaulieu. Er kündete von einem Kampf auf Leben und Tod.

Filou kroch bis hart an den Rand der Felsnase und schaute hinunter. Vorne rechts die Kirche. Dann die Grande Rue. Und dahinter lag die Place de la Patrie mit ihrem Kriegerdenkmal und dem Café de la Paix.

Da, genau da standen sie, die drei Schwarzen. Saßen mitten auf dem Platz, mit peitschenden Schweifen. Und vor ihnen, mit dem Rücken zum Café, hockte geduckt eine graue Gestalt. Wieder ertönte ein Schrei, nicht ganz so mächtig wie der erste. Und dann stolzierte Maurice vor, direkt auf die graue Gestalt zu, die regungslos hocken blieb. Bis sie wie ein Blitz aufzuckte.

Was war das? Die fürchterliche Gestalt war größer als Diabolo. Größer sogar als Lucrezia, die ein echtes Ungetüm war. Noch nie hatte Filou einen derart großen Artgenossen gesehen. Aber es war tatsächlich eine Katze. Ein riesiger grauer Kater. Und wie sich dieser Koloss bewegte! Schneller als der Schall.

Maurice zeigte Wirkung. Kreischte auf. Wich zurück. Das war ein Fehler. Der Graue setzte nach. Hob die Tatze, schlug zu. Tänzelte zurück. Sprang unfassbar hoch, als Maurice versuchte, in die Offensive zu gehen. Und landete direkt auf dem Rücken des Schwarzen.

Garibaldi und Diabolo waren erst vorgerückt, um ihrem Bruder Flankenschutz zu geben, und zogen sich jetzt wieder zurück, geduckt rückwärtsschleichend. Derweil hatte der Graue Maurice am Ohr gepackt. Jetzt schrie nur noch einer. Der Schwarze.

Filou war auf seiner Felsnase so weit vorgerutscht, dass er fast hinuntergefallen wäre. Würde Maurice sich befreien können? Ja. Mit einem entsetzlichen Schrei riss er sich los. Jetzt würde er zum Gegenangriff übergehen. Man sah, wie der Graue sich sammelte, duckte, lauerte. Komm nur, Bürschchen!, sagte seine Körpersprache.

Maurice spannte sich an. Verharrte sprungbereit. Wiegte den dicken Kopf hin und her wie eine angriffslustige Schlange. Doch was passierte? Der Graue setzte sich in aller Ruhe hin und begann, sich die Flanke zu putzen. Filou auf seinem Beobachterposten stöhnte leise. Was für eine Arroganz! Pass auf, wollte er rufen. Du täuschst dich! Das ist nicht das Ende! Da sind auch noch die anderen zwei!

Doch Diabolo schob bereits langsam ab. Und Garibaldi drehte Pirouetten: mal rechts herum, mal links herum. Maurice spürte offenbar, dass seine beiden Brüder ihn im Stich ließen. Er zögerte. Filou glaubte zu sehen, dass der Graue ihm das linke Ohr abgerissen hatte. Wahrscheinlich blutete der Schwarze. Und wenn jetzt ein weiteres Mal das Kampfgeschrei losginge, würden sich unter Garantie ein paar Fenster öffnen. Menschen, die man in ihrer Nachtruhe störte, waren dafür bekannt, dass sie Wasserkübel über kämpfenden Katern ausleerten.

Maurice schüttelte sich kurz, duckte sich dann und wandte dem Grauen die Flanke zu. Seitwärts, ganz langsam, wich er zurück. Der Graue würdigte ihn keines Blickes, sondern beendete seine Toilette und zog gleichmütig davon.

Filou spürte, wie seine Lebenslust zurückkehrte: Endlich wehrte sich jemand gegen die Friedhofsruhe. Dabei wollte, dabei musste er helfen. Morgen, gleich morgen würde er sich dem Kampf gegen das schwarze Triumvirat anschließen. Jetzt aber musste er erst einmal nach Hause, Josephine würde sich Sorgen machen. Und gewiss gab es bei Isabelle eine köstliche Mahlzeit. Plötzlich spürte er Hunger. Und die Sehnsucht nach dem unendlich weichen, duftenden Fell von Josephine. Und – nach Felix. Er würde sich von seinem Sohn nicht mehr provozieren lassen. Vielleicht konnten sie ein Spiel miteinander spielen? Und danach – Seite an Seite mit Josephine kuscheln. Das war der Traum vom Paradies.

Er begann zu laufen, bis er die erste der zwei Hecken erreicht hatte, die ihn von seinem Zuhause trennten. Die eine war aus Liguster, dessen scharfe Dornen einem unvorsichtigen Kater ganze Büschel aus dem Pelz reißen konnten, weshalb er darauf achtete, dass das Loch in der Hecke zwar gut getarnt, aber immer frei war. Hindurch. Geschafft. Und dann im Galopp über den vergilbten Rasen zur nächsten Hecke. Man hielt sich in diesem Garten besser nicht lange auf, vor allem sollte man sich die Idee aus dem Kopf schlagen, den riesigen Kasten mit dem köstlichen gelben Sand für jene Angelegenheit zu gebrauchen, für die er wie geschaffen war. Denn dann konnte es passieren, dass eine furchtbar schreiende Frau aus dem Haus gelaufen kam, um einen zu verjagen.

Unangenehm war auch, wenn die schreiende Frau die vielen kleinen Kinder freigelassen hatte, die sie bei schlechtem Wetter drinnen einsperrte. Kinder schrien ebenfalls, und vor allem wollten sie Wesen mit Schwanz unbedingt an demselben ziehen. Einmal, nur einmal war er so einer kleinen nackten Faust zu nahe gekommen. Ein fürchterliches Erlebnis.

Die rettende Hecke war erreicht. Steinlorbeer, kein Liguster. Wenn die Hecke blühte, dufteten Myriaden winziger porzellanweißer Blüten. Dann bevorzugte er die engste Stelle, um sich vom Duft umhüllen und von den Blüten und Blättern massieren zu lassen. Danach roch sein Pelz wie Marzipan. So nannte Marla das jedenfalls, und was mit »Mar« anfing, konnte nur gut enden.

Hindurch. Zu Hause. Durch die Terrassentür strömte Musik. Henri spielte Klavier, und Isabelle sang. Und auf der Terrasse saß Josephine, die schönste Katze der Welt. Als sie ihn sah, hob sie den Schweif und formte mit der Schwanzspitze eine zierliche Arabeske. Er lief auf sie zu. Alles war gut. Seine Wange berührte ihre Wange. Und dann zog sie ihm ihre köstlich raue Zunge über die Nase.

»Wo warst du bloß die ganze Zeit? Ich habe dich vermisst. Es ist langweilig ohne dich.«

Er biss sie in den Nacken und leckte ihr die rosafarbenen Ohren. »Ich habe Hunger«, schnurrte er.

»Dann komm!«

VIER

In der Nacht schlief Filou unruhig. In seinen Träumen wurde der graue Kater immer riesiger. Er erwachte viel zu früh und beschloss, noch vor dem Frühstück im Dorf nach dem Rechten zu sehen. Als er sich hinausschlich, sah er zu seinem Erstaunen Felix über den Gartenweg traben, der ihn nicht bemerkte. Der Kleine leckte sich zufrieden die Lefzen. War er hausieren gegangen bei fremden Leuten? Hatte der faule Kerl anderen Katzen das Fressen weggenommen?

»Wo warst du?« Zu spät merkte Filou, dass er wie Luc klang, die ihn stets anzuzischen pflegte, wenn er nach Hause kam, statt ihn freudig zu begrüßen. »Ich meine … Schön, dich zu sehen«, stotterte er, aber Felix grinste ihn fröhlich an.

»Katzen würden Mäuse kaufen, wusstest du das, Dad?«

Dad! Wie er diesen Namen hasste!

»Mäuse kann man nicht kaufen!«

»Nein, aber fangen!«

Filou erstarrte. Sein Sohn. Fing Mäuse. Etwas, das Filou nie geschafft hatte. Weil er ein Versager war, wie Luc gespottet hätte. Der Gedanke machte ihn wütend.

»Kriegst du zu Hause nicht genug?«, hörte er sich sagen. Und wieder war er sich selbst peinlich. Mein Gott, Alter, wie klingst du denn, dachte er. Sei doch endlich mal stolz auf den Kleinen!

»Na klar. Katz-Gourmet. Und Schinken. Und Thunfisch aus der Dose. Man kann wirklich nicht klagen. Aber Mäuse sind gesünder. Die Knochen, die Knorpel, der Mageninhalt. Weißt du – ein Kater, der nie die selbst gefangene Maus genossen hat …« Felix stockte. Er schien zu merken, was er da gerade sagte.

»Der ist was?«

»Der hat was versäumt.« Felix reckte sich hoch zu Filou, um ihm die Nase zu küssen. »Nicht böse sein, Dad.«

Filou war wider Willen gerührt. »Warum sollte ich dir böse sein? Ich bin stolz auf dich, mein Sohn«, brummte er und leckte dem Kleinen das Gesicht. »Du wirst ein großer Jäger werden.«

Fidel lag bereits auf seinem Stammplatz, als Filou beim Café de la Paix eintraf.

»Howdie«, sagte der Mops zur Begrüßung.

»Hau was?« Oder wen? Filou war irritiert. Der Mops war schlau, aber er konnte kaum mitbekommen haben, dass in Beaulieu Gewalt in der Luft lag. Fidel ging mit Herrchen jeden Abend früh ins Bett, nachdem sie ein Pfeifchen geraucht und ein Gläschen getrunken hatten, wie Fidel sich auszudrücken pflegte.

»Kurzform von: How do you do.«

»Du meinst, du hast keine Zeit mehr, anständig guten Tag zu sagen?«

Fidel riss das Maul zum Gähnen auf und zeigte seine spitzen kleinen Beißerchen.

»Howdie ist cool, that's all.«

»Ich kenne nur Rowdy. Und der ist das Gegenteil von cool.«

Rowdy hieß der Kläffer der Bäckersfrau, der sich zum Blockwart der Grande Rue aufspielte, wenn man ihn nicht daran hinderte. Das war allerdings nicht schwierig, der Kerl war nicht sonderlich schlau. Man machte sich einen Spaß, indem man ihn so lange provozierte, bis er hysterisch kläffend hinter einem herlief. Weiter und weiter und weiter. Bis man aus Beaulieu heraus war. Und dann – ab auf den nächsten Baum und ein Nickerchen halten. Während unten die arme Töle stand und bellte, bis sie heiser war.

»Auch wieder wahr, oh wandelnde Weisheit!«

»Sehr wohl, Klugscheißer.«

Sie betrachteten einander mit Wohlgefallen. Gut, Fidel war ein wenig unförmig geworden in den letzten Monaten. Zu wenig Bewegung, schätzte Filou, der Winter war heuer lang gewesen. Und träge war der Mops schon immer. »Pack rennt, Adel denkt«, pflegte er zu sagen. Das war zwar ziemlich arrogant, und Filou war sich auch nicht ganz sicher, ob es stimmte, aber eines war zweifellos richtig: Wenn Fidel seinen Verstand erst eingeschaltet hatte, war er das klügste Wesen von Beaulieu. Filou beschloss, ihm von den Ereignissen der letzten Nacht zu berichten und um sein Urteil zu bitten.

Fidel hörte zu, ohne ihn zu unterbrechen, die Augen halb geschlossen, den Kopf auf die Vorderpfoten gelegt.

»Grau, sagst du. Hmhm. Nun, nachts sind alle Katzen grau«, bemerkte er, nachdem Filou seinen Bericht beendet hatte.

»Ein Riesenvieh. Nicht gescheckt, nicht gestromt. Und weder weiß noch schwarz. Was bleibt da übrig? Grau.« Filou war stolz auf seine Beweisführung.

»Und dein grauer Held hat Maurice in Rekordtempo auf die Matte geschickt?«

»Oh ja.« Filou streckte sich, machte einen Buckel und wollte den letzten entscheidenden Spielzug demonstrieren, als er aufsah und die seltsame Prozession bemerkte. »Da sind sie«, zischte er.

Der Mops hob den Kopf mit der faltigen Stirn. »Auha«, sagte er.

Das war eine treffende Zusammenfassung. Maurice sah verboten aus. Blut verkrustete sein Gesicht, das linke Auge war halb geschlossen. Und er hinkte. Ein erbärmlicher Anblick.

»Armer Maurice! Bist du unter den Rasenmäher gekommen?« Fidel, der sich aufgerichtet hatte, als ob er die Parade abnehmen wollte, tat mitleidig.

»Halt die Luft an, Fettsack!«, grummelte Garibaldi. »Sonst kriegste aufs Maul.«

»Ich hab Maurice gefragt, nicht dich, du Schwachkopf.«

Maurice warf ihnen einen scheelen Blick zu und hinkte weiter, gefolgt von dem leise grollenden Diabolo.

»Was für ein erhebender Anblick.« Fidel seufzte befriedigt und machte es sich wieder bequem. »Also«, sagte er.

»Also was?«

»Was willst du wissen?«

»Na ja …« Filou kam sein großes Projekt plötzlich albern vor. Er sollte in Beaulieu wieder Frieden und Glück herstellen? Träum weiter, Kater. Und war es weise, sich auf den Grauen einzulassen? Was wusste er schon von dem Fremden?

»Du willst also sichergehen, dass du nicht aus Versehen die Pest mit der Cholera austreibst, wenn du dich dem grauen Rächer anschließt.«

»So in etwa.« Filou kannte die Cholera nicht, so hieß keine der Katzen von Beaulieu. Pest im Übrigen auch nicht. Aber er mochte nicht fragen. Fidel machte sich gern lustig über das, was er Filous »Halbbildung« nannte.

»Also, ich …« Fidel rekelte sich. »Ich würde die Sache beobachten. Und dann meine Entscheidung auf solide Fakten gründen.«

»Man sollte nichts …«

»Nichts übereilen, genau.«

»Andererseits …«

»Ja?«

»Ich meine: Man muss etwas tun. Sich einmischen. Aufstehen für das, was man für richtig hält. Hast du nicht gesagt, mir fehlte eine Aufgabe?«

»So besehen«, murmelte Fidel. »So besehen …«

Doch bevor der Mops eine aus unendlicher Weisheit gespeiste Antwort geben konnte, sprang er auf. Gefahr? Filou duckte sich. Er hatte den Freund noch nie so schnell in Bewegung gesehen.

Fidel stand hoch aufgereckt da und hielt die platte Boxernase in die Luft. »Riechst du das?«

»Was? Baguette? Croissant? Croque Monsieur?«

»Ach was. Du denkst immer nur an das eine.« Fidel ließ sich wieder sinken.

Ich nicht, dachte Filou. Das ist ja wohl eher dein Problem.

»Unbeschreiblich. Dieser Duft.« Der Mops ließ die Zunge aus dem rosafarbenen Maul hängen und hechelte.

»Ich riech nichts.« Filou sog die Luft ein. Es roch wie immer: nach Staub und Erde, nach Hunde- und Männerpisse, nach Kaffee und Petunien.

»Du Empfindungsloser«, murmelte der Mops. Und dann trabte er los. Filou sah ihm verblüfft hinterher. Die kurzen Beine stapften vorwärts, das weiche Bauchfell schwang im Takt, und der eingerollte Schwanz zitterte. Nein, graziös wirkte Fidel wirklich nicht. Aber er hatte eindeutig irgendetwas in der Nase.

Und das musste etwas ganz Außerordentliches sein, sonst hätte er es nie gewagt, den Platz zu verlassen, den sein Herrchen ihm zugewiesen hatte. Wie oft hatte Filou darüber gespottet! »Freiheit heißt, sie auch opfern zu dürfen – denen, die man liebt«, pflegte Fidel zu sagen, wenn er ihm Sklavenmentalität vorgeworfen hatte. Woher der plötzliche Unabhängigkeitsdrang?

Filou beschloss, dem Freund zu folgen. Zu seiner Enttäuschung sah er, dass der Mops das Café de la Paix ansteuerte. Es war also nur das Übliche. Hund hat Sehnsucht nach Herr. Es gab nichts Neues unter der Sonne.

Doch darin täuschte er sich gründlich.

FÜNF

Und wieder schrillte ein Schrei über die Place de la Patrie. Diesmal war es kein Kater, der schrie, sondern ein Mensch. Eine Frau. Und der Schrei kam vom Café de la Paix. Filou machte auf halber Strecke halt. Und sah mit Verblüffung, wie ein dickes weißes Etwas im Schweinsgalopp auf ihn zuraste.

»Ich hab mich schon gewundert«, sagte er, als sich der Mops schwer schnaufend neben ihn fallen gelassen hatte. »Dass du den dir von Herrchen zugewiesenen Platz freiwillig verlässt – also wirklich!« Filou hob die Pfote und kratzte sich hinter dem Ohr. »Das ist doch sonst nicht deine Art.«

»Besondere Ereignisse erfordern besondere Maßnahmen«, keuchte Fidel.

»Und? Hat's geholfen?«

»Leider nein, sonst wäre ich ja nicht hier.«

»Also Rückzug?«

Fidel erhob sich mit zitternden Beinen. »In geordneter Weise«, flüsterte er.

»Und vielleicht erzählst du mir dabei, was eigentlich los ist.«

Das hätte Filou vielleicht nicht sagen sollen, denn der Mops redete unaufhörlich, während sie zurück zu ihrem Stammplatz im Gärtchen unter dem Kriegerdenkmal trabten. Dort ließ er sich beseligt seufzend fallen und schloss die Augen.

»Sie heißt Agathe«, sagte er, als er wieder Atem geschöpft hatte.

»Das sagtest du bereits.« Filou riss das Maul weit auf und gähnte. »Mindestens fünf Mal. Falls ich mich nicht verzählt habe.«

»Und ihr Duft …«

»Ja, ich weiß. Narzissen und Moschus. Mit einer ganz kleinen Spur verrottetem Fisch. Du sagtest auch das bereits.«

»Und das glänzende schwarze Fell. Die feinen Ohren. Ihr entzückender Schwanz.«

Und die platte Nase, dachte Filou. Offenbar noch platter als die von Fidel, sofern das überhaupt möglich war.

»Ihre rosafarbene Zunge …«

»Genau. Und ihr kreischendes Frauchen, das glaubte, du wolltest ihr kostbares Tier – ähhh …«

»Ein dummes, peinliches Missverständnis. Ich wollte Agathe meine Aufwartung machen«, entgegnete Fidel würdig. »Das war alles.«

»Und? Hat sie vielleicht der Blitz der Erkenntnis getroffen, dass du der Mops ihres Lebens bist?«

»Sagen wir es so …« Der Freund hob die weiße Pfote und betrachtete angelegentlich die weißen Polster auf ihrer Unterseite. Dann schüttelte er den Kopf. »Ich weiß es nicht. Ich kam mir so – unförmig vor neben ihr. Zu … zu …«

Filou hob den Kopf. Das war ein weiteres erstes Mal: das erste Mal, dass Fidel die Worte fehlten. »Zu fett«, sagte er brutal.

Fidel senkte den Kopf. »Zu fett«, wiederholte er tonlos. »Du sagst es.« Und dann brach es aus ihm heraus wie ein lang angestauter Gefühlssee. »Ich verdiene sie nicht. Ich bin unwürdig. Ich bin es nicht wert, sie anzuschauen.«

Filou hörte schweigend zu. Das Elend des Freundes tat ihm weh.

Als endlich Herrchen nach ihm rief, führte Fidel nicht das gewohnte Stück auf, diesen »Ich freue mich so wahnsinnig, dass du endlich wieder nach mir verlangst«-Freudentanz, sondern schleppte sich geduckt hinüber zum Café. Filou folgte. Er hatte das Gefühl, dass er den Freund nicht alleinlassen durfte.

»Na, alter Fettsack, was hat dich denn getroffen?«, sagte Herrchen zur Begrüßung und tätschelte Fidels Kopf. Filou hielt er die Hand hin. »Hallo, räudige Flohfalle.« Filou rieb seine Wange an Herrchens Hand. Herrchen hatte bessere Manieren, als seine Wortwahl erahnen ließ. Im vergangenen Jahr hatte er Filou Asyl gewährt, in dieser schrecklichen dunklen Zeit, als es kein Zuhause für ihn gab und er Josephine noch nicht gefunden hatte.

Sie alle standen an der Straße, die zu Fidels Zuhau-

Boulangerie

se führte, als sich ein Auto näherte. Ein kleines rotes Kabriolett, das Verdeck war geöffnet, am Steuer saß eine Frau, die sich einen Schal um die Haare geschlungen hatte und eine Sonnenbrille trug. Und neben ihr thronte ein Wesen, das ebenfalls mit einer Sonnenbrille ausgestattet war. Als der Wagen an ihnen vorbeifuhr, japste Fidel auf.

Herrchen hielt sich den Bauch vor Lachen. »Habt ihr das gesehen? So ein verrücktes Weib. Hat ihren Mops ausstaffiert, als ob er Michael Jacksons Affe wäre. Sonnenbrillen für Hunde! Ich fasse es nicht.«

»Das ist Agathe«, flüsterte Fidel. »Agathe Comtesse de la Haye.«

SECHS

An diesem Abend nahm Filou seinen Beobachterposten oben auf dem Roche du Diable frühzeitig ein, um da zu sein, falls das Theater wieder losging. Er wartete nicht lange. Schon kurz nach Sonnenuntergang kamen die drei Brüder auf den Place de la Patrie geschlendert, wo bereits der große Graue hockte. Der graue Rächer, wie ihn Filou mittlerweile getauft hatte. Diesmal begann Diabolo mit der Attacke. Er buckelte, bauschte seinen Schwanz zu einem beeindruckenden Busch auf, peitschte damit den Boden und tänzelte mit angelegten Ohren seitwärts auf den Feind zu. Der rührte sich nicht. Diabolo stieß einen gurgelnden Schrei aus. Der Feind bewegte sich noch immer nicht.

Erster Aufzug, erste Szene, dachte Filou. Wir lernen die Personen in tragenden Rollen kennen.

Diabolo machte ein paar Schritte zurück, wieder im Seitwärtsgang, und setzte erneut zu einem Kampfschrei an. Er war erst in der Mitte seiner Arie angekommen, als der graue Koloss vorschnellte. Reaktionsstark ließ Diabolo sich auf den Rücken fallen, um den Gegner mit kräftigen Tritten abzuwehren. Und sprang im nächsten Moment hoch, um dem Grauen in den Rücken zu fallen.

Kein schlechter Spielzug, dachte Filou. Das war riskant und gekonnt.

Doch der Graue war schneller. Er drehte – zweite Szene – eine Pirouette, landete dort, wo vorher Diabolo gelauert hatte, und begann seinerseits zu drohen, indem er sich hoch aufrichtete. Diabolo zog mit. Filou hielt die Luft an. Die beiden standen einander gegenüber, auf den Hinterbeinen. Minutenlang gab keiner nach. Bis Diabolo sich wieder auf alle vier Pfoten fallen ließ und maulend den Rückzug antrat.

Dritte Szene. Wieder standen sie voreinander, kreischend und drohend, mit angelegten Ohren. Diesmal griff der Graue zuerst an. Diabolo konnte nicht mehr ausweichen, und so rollten die beiden Fellbündel über den Platz, schreiend und beißend und kratzend. Filou konnte dem Geschehen dort unten in der Dämmerung kaum folgen, sein Herz schlug schneller, er war sich plötzlich nicht mehr so sicher, dass der Rächer siegen würde.

Doch plötzlich erstarb unten jede Bewegung. Der Graue hatte Diabolo am Schlafittchen. Was für ein Kampf! Filou hielt den Atem an. Ein kräftiger Tritt ins Rückgrat, und Diabolo wäre ein Fall für den Müllmann. Doch der graue Rächer kämpfte fair, soweit er das von hier oben sehen konnte, und ließ seinen Gegner los. Wieder standen sich beide gegenüber.

Die nächste Szene begann mit einem Foul. Garibaldi schien es nicht mit ansehen zu können, wie sein Bruder einer Niederlage entgegenging, und mischte sich ein. Filou schrie unwillkürlich auf, als er bemerkte, dass der Einäugige zum Sprung ansetzte. Ein hinterhältiger Angriff wie dieser verstieß gegen die Katzenehre. Doch sein Warnruf verhallte im Himmel über dem Roche du Diable, da unten im Dorf war er nicht zu hören. Oder doch? Denn der Graue rettete sich mit einem Salto nach vorn vor dem heimtückischen Angriff von hinten. Doch jetzt standen ihm zwei Kämpfer gegenüber: Diabolo und Garibaldi. Gegen den grauen Rächer.

Filou juckten die Pfoten. Wenn er jetzt hinunterlaufen, sich auf Garibaldi stürzen und ihn besiegen würde? Ob er noch rechtzeitig käme? Und wieso rührte sich eigentlich kein Mensch? Hatten alle Bewohner um die Place de la Patrie herum am Abend zu viel getrunken? Wo blieb der Schwall kalten Wassers, der auch den mutigsten Kampfkater zur Räson brachte?

Die beiden Schwarzen tänzelten. Der Graue zog sich ein paar Schritte zurück und duckte sich. Zwei gegen einen – das ging gar nicht! Das war unfair! Das musste man verhindern! Filou richtete sich mit gesträubtem Fell auf, bereit, hinunterzuspringen und ins Tal zu laufen, als endlich eine höhere Macht eingriff. Die Tür im Haus neben dem Café ging auf. Eine schrille Stimme rief Verwünschungen. Und dann ging der Inhalt eines Wassereimers auf die Kämpfer nieder, die mit Protestgeschrei und gesträubtem Fell davonstoben.

Dieser Kampf ist vorbei, doch der Krieg ist noch nicht entschieden, dachte Filou, als er gemächlich den Berg hinuntertrabte. Der graue Rächer brauchte einen Tapferen an seiner Seite. Er kannte einen: den roten Rächer. Geronimo. So hatte ihn der weise Magnifico genannt, damals, als sich alle Kater zum Kampf gegen die herrschsüchtigen Katzen zusammengetan hatten. Ab morgen war Geronimo wieder unterwegs. Dabei im Kampf gegen das Böse und für das Gute.

Kurz fragte er sich, ob man sich darauf auch verlassen konnte: Dass das Böse so böse war wie das Gute gut. Doch er schüttelte den Gedanken ab. Manchmal musste man sich einfach entscheiden.

»Hast du schon gehört?«, wisperte Josephine, als er nach Hause kam und zu ihr ins Körbchen kroch, wo Felix nur unwillig Platz machte. »Da draußen soll ein Ungeheuer wüten. Felix erzählt die schrecklichsten Dinge. Du solltest nicht mehr so spät unterwegs sein.«

»Mach dir keine Sorgen«, wisperte er zurück.

SIEBEN

Als Filou am nächsten Tag zum täglichen Treff mit Fidel trabte, war der Mops nicht zu sehen. Unschlüssig stand Filou vor ihrem Rendezvousplatz. Das war noch nie vorgekommen. Und es gab nur eine Erklärung dafür. Kurz entschlossen drehte er sich um und lief hinüber zum Café de la Paix. Der Tag hatte mit blauem Himmel und einem prächtigen Sonnenaufgang begonnen, und mittlerweile war es heiß unter den Sonnenschirmen über den Tischchen, die draußen vor dem Café standen. Herrchen entdeckte er sofort. Die Dame, auf die er einredete, erkannte er erst auf den zweiten Blick. Als er sie das erste Mal gesehen hatte, trug sie ein Kopftuch und eine Sonnenbrille und saß in einem Kabriolett.

Merkwürdig. Aber es wurde noch merkwürdiger. Unter dem Tisch hockte sein abtrünniger Freund, nicht lang ausgestreckt, wie üblich, sondern aufrecht sitzend, voller gespannter Aufmerksamkeit. Neben ihm lagerte ganz offenkundig das Wesen, das ihm den Kopf verdreht hatte: Agathe Comtesse de la Haye. Filou schlich sich heran, um die Szene ungestört zu beobachten. Die Edle war nicht nach seinem Geschmack, was Damen betraf. Ihre Ohren hingen kraftlos herab, statt eines stolzen Schweifs hatte sie hinten nur ein Ringelschwänzchen, und von einer Nase konnte recht eigentlich nicht die Rede sein.

Aber was zählte schon das Urteil eines Katers? Was Möpse an und für sich betraf, verdiente sie sicherlich Fidels Aufmerksamkeit.

Er richtete sich auf und trabte nonchalant auf die beiden zu. »Sie müssen die Comtesse sein«, sagte er fröhlich und formte seinen Schweif zu einem freundlichen Fragezeichen. Fidel wandte ihm den Rücken zu, er schien ihn gar nicht zu bemerken. Das schwarze Etwas aber, das er anhimmelte, sprang blitzschnell auf, bleckte die spitzen Zähnchen und begann hysterisch zu bellen.

Was für eine Szene! Die Comtesse kläffte sich heiser, und von oben hörte man Frauchen zetern, die an der Leine zerrte, bis Agathe überaus unedel zu röcheln begann.

Fidel hatte sich verlegen vor seinen Freund platziert. »Darf ich vorstellen?«, fragte er mit belegter Stimme. »Das ist Filou, ein treuer Freund des Hauses.«

Des Hauses, soso. Liebe macht offenbar aus jedem atmenden Wesen einen Idioten, dachte Filou. Sicher, auch er hatte seine Momente gehabt. Doch Josephine rechtfertigte jedes partielle Irresein. Im Unterschied zu …

»Und das, lieber Freund, ist Agathe Comtesse de la Haye.«

Filou neigte den Kopf. Wie konnte man einer solchen Kratzbürste verfallen? Bei Josephine war das was anderes. Josephine war einfach … die schönste Katze der Welt. Aber das hier …

»Ach«, zischte die schwarze Zicke. »Du bist also ein Katzenfreund.« Sie hätte genauso gut »Katzenfloh« sagen können. Wie verächtlich sie klang.

»Filou ist der größte, der prächtigste Kater von Beaulieu, liebe Agathe.« Fidel wackelte mit seinem Ringelschwänzchen. »Außerdem – Katzen sind auch Tiere. Und ich persönlich glaube an Freiheit und Brüderlichkeit, also …«

Es war nicht zu fassen: Der sonst so wortgewandte Mops stotterte.

»Quatsch mit Soße«, fuhr Madame dazwischen.

Filou schämte sich für Fidel. Der Mops hatte sich eindeutig unter Niveau verliebt.

»Er ist mein bester Freund«, sagte Fidel leise.

»Na schön.« Die Comtesse gähnte. »Hat mich gefreut.« Und jetzt zieh ab, Flohfalle, sagte ihr Blick.

Und Fidel? Der drehte seinem besten Freund das große weiße Hinterteil zu und murmelte untertänig: »Wo waren wir stehen geblieben, liebe Agathe?«

Filou war für einen Moment völlig außer sich. Was bildete sich dieser Fettsack ein? Was war eine Freundschaft wert, die man wegen eines Flirts mit einer Unwürdigen verriet? Unwillkürlich fuhr sein Schweif hin und her und peitschte den Boden, bis der Staub aufwirbelte und Krümel und Zigarettenkippen durch die Gegend flogen.

Glücklicherweise war Frauchen aufgestanden und zog an Agathes Leine.

»Ich glaube, meine Kleine möchte jetzt ihr Fresschen«, sagte sie zu Herrchen. »Es war nett, Sie kennenzulernen, Marcel. Bis bald mal wieder.«

Herrchen nickte, er wirkte halb betäubt. »Auf bald, Céline.«

Waren denn alle verrückt geworden? Offenbar hatte auch Herrchen die Liebesidiotie erwischt.

In einem Anfall von Mitleid kroch Filou wieder unter den Tisch, wo der Mops hilflos hechelnd seinem Herrchen zu Füßen lag und theatralisch stöhnte.

»Ob sie mich wohl mag?«

Was für eine selten dämliche Frage. »Nicht, wenn du dich derartig an sie ranschmeißt.«

»Ich ... ich fühle mich so – erbärmlich neben ihr.«

Das merkt man, hätte Filou am liebsten gesagt. »Wer sich erbärmlich fühlt, trifft selten auf Erbarmen«, murmelte er. Wenn es darauf ankommt, können auch Katzen philosophisch werden, dachte er befriedigt.

»Aber ich erweise ihr doch nur meinen Respekt!«

Filou betrachtete den Dicken. Ob er die Wahrheit vertragen konnte? »Dein Respekt ist nicht viel wert, wenn du dich selbst nicht respektierst«, sagte er schließlich. »Du machst dich klein.«

»Klein?« Fidel jaulte auf. »Ich bin nicht klein! Ich bin fett!«

»Das kommt erschwerend hinzu.« Filou blieb ungerührt. »Und entweder trägst du dein Schicksal mit Würde oder …«

»Würde? Ich bin unwürdig, ihr auch nur die Krallen zu lecken!«

»Na prima. Dann scheint ihr euch ja einig zu sein. Du bist unwürdig, und sie ist eine hochnäsige Kläfferin, die auf dich herabsieht.«

Fidel erwiderte nichts, aber man spürte sein Unglück wie eine schwere schwüle Wolke.

»Ich könnte vielleicht – abnehmen«, sagte er schließlich mit schwacher Stimme.

Filou musterte ihn. Er wusste zwar nicht, ob Abnehmen im Fall der hochnäsigen Comtesse etwas nützte, aber im Großen und Ganzen war das sicher eine gute Idee.

»Lass gucken, Alter!«

Der Mops rappelte sich hoch. Es stimmte: Fidel war nie schlank gewesen, aber über den Winter hatte er noch einmal zugelegt, sein Bauch berührte fast den Boden.

»Du hast recht. Du solltest abnehmen.«

Fidel ließ sich wieder sinken. »Aber wie?«, jammerte er.

»Wir laufen jetzt zweimal ums Kriegerdenkmal herum, und dann sag ich dir, wie das geht, ja?«

Fidel watschelte los, mit schwabbelndem Bauchfell, und schon nach den ersten paar Schritten war er außer Atem. Filou schlich leise hinter ihm her. Herrchen merkte nichts von alledem, er war ausnahmsweise einmal nicht in seine Zeitung vertieft, sondern starrte mit blödem Lächeln in die Gegend.

»Wo bleibst du?«, quengelte Fidel und wurde immer langsamer.

»Bin hinter dir«, zischte Filou, streckte den Kopf vor und biss den Freund ins Bein. Wie von einer Wasserpistole getroffen raste Fidel los, Filou mit gebauschter Rute hinterher.

»Jetzt guck dir das an! Die Katze jagt den Hund!«, rief ihnen ein kleiner Junge nach, der sich im Café de la Paix ein Eis gekauft hatte.

Er war nicht der Einzige, der zusah, wie der rote Blitz den weißen Vollmond jagte. Und so kam Fidel nicht nur völlig außer Atem, sondern auch unter größtmöglicher Beachtung durch die Kunden des Café de la Paix wieder bei seinem Herrchen an.

»Ja, sag mal«, sagte der, als er seinen Hund endlich bemerkt hatte. »Geht's dir noch gut? Oder bildest du dir ein, du wärst ein Windhund?«

Japsend kroch Fidel unter den Tisch, Filou hinterher.

»Meinst du, das hat geholfen?«, flüsterte Fidel.

»Nur, wenn du es täglich machst«, verkündete Filou. »Und ab sofort wird weniger gegessen.«

Fidel nickte verträumt. Doch dann hob sich sein Kopf, und sein Blick war plötzlich hellwach.

»Aber wenn Herrchen mir was extra Leckeres hinstellt?«

»Sag nein, wenn du kein Feigling bist.«

»Aber …« In Fidels treuen Hundeaugen stand helles Entsetzen. »Aber wenn er dann gekränkt ist! Oder sich Sorgen macht! Oder mit mir zum Arzt will! Oder das ganze gute Essen wegwirft!«

Filou sah den Freund nicht an, sondern schüttelte nur langsam den Kopf, drehte ihm den Rücken zu und trottete davon. Es gab Wesen, denen einfach nicht zu helfen war.

ACHT

Der Rest des Tages gehörte der Familie. Josephine thronte anmutig auf der Terrasse im Sessel und schaute zu, wie Vater und Sohn miteinander spielten. »Wer ist der Schnellste auf dem Baum?« war bei Felix besonders beliebt, er gewann jedes Mal. Nur mit dem Herunterklettern tat er sich schwer. Filou versuchte, ihm das Rückwärtsklettern beizubringen, aber der Kleine maunzte herzzerreißend, was wiederum Josephine unruhig machte. Beim vierten Mal aber schien Felix die Sache begriffen zu haben: Er rutschte langsam mit den Hinterpfoten zuerst den Baumstamm hinunter, bis er nah genug am Boden war, um entschlossen zu springen.

Als sich beide ausgetobt hatten, legte sich Josephine zu ihnen für ein ausgedehntes Nickerchen unter dem Mimosenbaum. Filou schlief tief und fest, bis ihn himmlische Klänge aufweckten. Neben ihm maunzte Josephine im Schlaf, und Felix' Beine zuckten, als ob er im Traum auf der Jagd wäre. Filou rekelte sich, öffnete die Augen und blickte in den Himmel. Am Horizont badete sich die Sonne in einem letzten roten Glühen, bald würde es dämmern. Im Haus spielte Henri auf dem Cello. Und Isabelle sang dazu so unglaublich schön, dass Filou unwillkürlich wieder die Augen schloss.

»Der Winter mag scheiden, der Frühling vergehn, der Sommer mag verwelken, das Jahr verwehn, du kehrst mir zurück …«

Josephine rührte sich neben ihm und stupste ihn an. »Tust du doch, oder?«

»Ich tu was?« Man verstehe die Weiber.

»Zurückkehren. Zu mir. Was denn sonst?«

Filou gähnte. »Aber das weißt du doch, Jo.«

»Nichts weiß ich«, fauchte sie.

Er öffnete erst das linke und dann das rechte Auge. Josephine hatte die Ohren leicht nach hinten gelegt. Kein gutes Zeichen.

»Jede Nacht bist du unterwegs«, maulte sie. »Was machst du eigentlich immer da draußen?«

Filou zögerte. Sollte er ihr erzählen, was er oben auf dem Roche du Diable beobachtet hatte? Dass ein fremder Kater dabei war, das diktatorische Triumvirat von Beaulieu zu erledigen? Und dass er gedachte, sein Teil dazu beizutragen, damit wieder Frohsinn und Frieden einkehrten in Beaulieu? Nein – dann würde sie sich Sorgen machen.

Andererseits … Wenn er sie hinhielt, stachelte das nur ihren Ehrgeiz an, sein Geheimnis zu lüften. Also musste er anders vorgehen. Und er wusste auch, wie.

»Möchtest du nicht mitkommen? Du und Felix! Wir drei unter den Sternen!« Er küsste sie auf die Nase.

»Die Düfte der Nacht, das Rufen der Käuzchen, das Schlagen der Nachtigallen und zwischendrin der Glockenfrosch! Wie lange warst du schon nicht mehr nachts draußen?«

»Draußen? Nachts?« Sie hob die Tatze, als wollte sie ihm eins über die Nase geben. »Ich bin eine anständige Katze. Ich bleibe natürlich im Haus.« Josephine schüttelte sich. »Da draußen gibt es Marder. Und Schlangen. Und Eulen. Und … und …«

»Aber Josephine! Wenn ich doch bei dir bin!«

»Nein«, sagte sie fest. »Ich bleibe hier.« Sie sprang auf und lief durch die geöffnete Terrassentür ins Haus. »Versuch erst gar nicht, mich zu überreden«, rief sie noch. »Und dass du Felix nicht auf dumme Gedanken bringst!« Dann war sie verschwunden.

Und das war auch besser so. Josephine war als echte Glückskatze behütet aufgewachsen, jedenfalls in ihren ersten Lebensmonaten. Dann allerdings … Wenn er daran dachte, wie er sie damals gefunden hatte, wurde ihm die Kehle eng. Viel zu lange hatte die arme Kleine neben ihrem toten Frauchen ausgeharrt, bis sie endlich gefunden wurde. Wenn er nicht geschrien hätte, wie nur Kater schreien können, hätte sich kein Mensch um die beiden gekümmert. Er hatte keinen geringen Anteil an ihrer Rettung, und das dankte sie ihm auf zärtlichste Weise. Bis heute.

Doch es war gut, wenn Katzen und Kater auch mal getrennte Wege gingen. Die Katzen waren die Mächtigen, sie bestimmten, was geschah. Eine rollige Katze konnte ein ganzes Bataillon von Katern wahnsinnig machen, ihr Geruch verstörte die Helden bis zum Delirium. Um zu ihr zu gelangen, überwanden sie jedes Hindernis und gingen jedes Wagnis ein. Viele tapfere Kater waren im Liebesrausch zugrunde gegangen – von hohen Mauern gestürzt, vor ein Auto gelaufen, in den reißenden Bach gesprungen. Die Angebetete aber hielt sich bis zuletzt offen, wem sie schließlich ihre Gunst erwies. Die Tyrannei der Katzen war sprichwörtlich. Ja, auch er hatte einmal an einem Aufstand gegen sie teilgenommen. Der endete zwar wie verdorbener Fisch, nämlich im Müll, aber die Kater Beaulieus hatten es wenigstens versucht. Das waren sie ihrer Ehre schuldig.

Er konnte sich glücklich schätzen, dass Josephine zu den Sanften ihrer Art gehörte, nie hatte er sie herrisch oder anmaßend erlebt. Sie war nicht wie Lucrezia, seine Stiefmutter, der Terror seiner Jugend. Doch, ja, Katzen wie Josephine gehörten ins Haus, hier konnte ihnen nichts passieren. Und Kater wie er durften Abenteuer erleben. Waren sie nicht dafür wie geschaffen?

Filou machte einen Buckel, streckte sich und schlüpfte hinaus in die Nacht.

Diesmal suchte er nicht seinen Beobachtungsposten auf. Diesmal wollte er dabei sein, wenn es zum Kampf kam. Denn diesmal, das wusste er, ging es um alles.

Auf der Grande Rue hasteten Katzen an ihm vorbei,

und von der Place de la Patrie her hörte man es wispern. »Er ist so groß wie ein Schäferhund«, raunte eine schöne Prominentenmischung ihrem kleinen Kätzchen zu, das andächtig zu seiner Maman aufschaute.

»Wie ein Pony«, zischte ein vorbeisausender Einohriger.

Filou spürte, wie seine Barthaare vibrierten, als ob die Stimmung der Menge sie elektrisiert hätten.

Als er den Platz erreichte, waren sämtliche Fensterbänke, Torpfosten und Mülltonnen besetzt. Selbst auf den unteren Ästen der Platanen hockten sie, Jung und Alt, grau, weiß, gescheckt. Alle schien das gleiche Gefühl zu bewegen: Heute Nacht entschied sich die Zukunft Beaulieus.

Filou brauchte keine Zuschauerloge. Er suchte nach einem Fleckchen, von dem aus er eingreifen konnte. Und dafür kam nur ein einziges in Frage. Er drängte sich durch die Menge, ließ sich anfauchen und wegschubsen, bis er endlich beim Obelisken angelangt war, dort, wo er sich mit Fidel zu treffen pflegte. Aber heute würde er nicht unten im Gärtchen liegen. Er schaute hoch zu dem großen dunklen Pfahl. War ein Kriegerdenkmal nicht ein besonders würdiger Ort für einen Kämpfer? Elegant sprang er auf den schmiedeeisernen Zaun, der bedrohlich schwankte, und nahm Maß. Nach einem kurzen Moment der Konzentration schnellte er mit einem einzigen gewaltigen Satz hoch und landete auf der Spitze des Obelisken. Von hier aus sah er alles.

Und von hier aus war es nur ein Katzensprung mitten hinein in die Manege, in die soeben die Kombattanten einliefen.

Diabolo und Garibaldi tänzelten kampfeslustig herbei, sie erschienen von links, vom Platz her, auf dem die alten Männer Pétanque spielten. Aus dem Publikum hörte man empörtes Zischen. Aller Blicke ruhten auf den beiden noch Unbesiegten, sodass niemand bemerkte, dass der Graue bereits wartete. Er musste vom Café de la Paix angeschlichen sein – er schien dort zu wohnen, wahrscheinlich hatte man ihn als Mauser angestellt. Das erklärte, warum man ihn tagsüber nie zu sehen bekam.

Die Szene war für die Begegnung bereitet. Das Schauspiel konnte beginnen. Langsam kehrte Ruhe ein.

Diabolo rückte als Erster vor. Er streckte die Beine durch, sträubte die Rückenhaare zu einem beeindruckenden Kamm und schritt langsam auf den Feind zu. Sein Brummen mündete in einem gurgelnden Schrei, während sein Kopf hin und her ging, als ob er die Beute schon im Genick gepackt hätte, die er gleich schütteln und töten würde. Er machte keine schlechte Figur, die Show war durchaus beeindruckend.

Die versammelte Öffentlichkeit murrte und tuschelte. Der Graue hockte da und nahm keine Notiz von Diabolos Auftritt, seine Zunge bearbeitete in aller Ruhe den Hinterlauf.

Diabolo rückte weiter vor, sein Grummeln und Schreien klang nicht mehr ganz so überzeugend. Und plötzlich sah der Graue auf. Sein Blick traf Diabolo wie ein Pfeil. Wenn Blicke töten könnten, dachte Filou. Die gebannten Zuschauer hielten den Atem an. Und tatsächlich: Diabolo wurde unsicher, senkte für wenige Sekunden die Augen. Ein Zeichen der Schwäche! Die Menge stöhnte auf. Der Graue aber attackierte.

Diabolo reagierte zu spät. Zwar schlug er mit den Vorderpfoten nach dem Gegner. Doch der graue Rächer hatte ihn längst im Fang und begann, mit den Hinterpfoten zu treten. Diabolo jaulte auf. Aber er war noch nicht am Ende. Heftig keuchend riss er sich los, wich zurück, senkte den Kopf, schwenkte ihn hin und her, knurrte und gurgelte.

Das Spiel begann von Neuem. Jetzt brummten und greinten beide, schlichen auf steifen Beinen umeinander herum und versuchten, sich gegenseitig niederzustarren.

»Mach ihn alle, das Schwein!« Unter den Katzen brodelte es. Und es war völlig klar, wen sie meinten. Niemand war auf Diabolos Seite.

Diabolo machte einen Ausfall, den der Graue elegant parierte.

»Keine Gnade!«, schrie ein schwarz-weißer Youngster, der auf dem Zweig einer Platane wippte.

»Endlich wird mit dem Gesindel aufgeräumt«, murmelte es unter Filou.

Attacke! Der Graue griff an. Und Diabolo …

Die Zuschauer keuchten.

Diabolo – wich zurück.

Damit war das Spiel vorbei. Diabolo sank langsam in sich zusammen, die Ohren angelegt. Der Graue aber begann nicht das übliche Ritual der Sieger, sondern richtete sich zur vollen Größe auf.

»Katzen von Beaulieu«, hob er an.

In diesem Moment raste Garibaldi heran. Die Menge tobte. Diabolo richtete sich wieder auf. Und jetzt standen zwei schnarrende, greinende Schwarze dem Grauen gegenüber. »Zwei gegen einen! Das ist unfair!«, tönte es aus der Masse. Aber keiner der protestierenden Helden eilte dem Grauen zu Hilfe. Filous Stunde war gekommen. Er nahm all seinen Mut zusammen, balancierte auf der Spitze des Obelisken, bis seine Hinterpfoten guten Halt fanden, und sprang.

Er hörte, wie sie unter ihm nach Luft schnappten. Er sah in eine Vielzahl glühender Katzenaugen. Und dann landete er zielgenau direkt vor dem Einäugigen, vor Garibaldi, der vor Schreck einen Schritt zurücktat.

»Nieder mit den Tyrannen!«, ertönte es erst hinter ihm, dann neben ihm, schließlich um ihn herum. »Nieder mit den Tyrannen!«

Die Zuschauer verließen ihre Posten und rückten näher. Garibaldi stand vor zorniger Erregung der Schaum vor dem Mund. Er gab ein tiefes Grollen von sich, das in einem kampfeslustigen Schrei mündete. Mit ausgefahrenen Krallen ging er auf Filou los.

Der Graue ergriff die Chance und setzte Diabolo mit ein paar Tatzenhieben außer Gefecht. Und während Filou und Garibaldi einander belauerten, erhob der große graue Kater seine Stimme.

»Eure Zeit ist um, ihr schwarzen Brüder! Seht, die Unterdrückten stehen auf und setzen sich zur Wehr.«

»Du Verräter!«, schnarrte Garibaldi und fixierte Filou. »Du hast mir schon einmal die Macht streitig machen wollen.« Er fletschte die Zähne. Der Geifer troff ihm vom Kinn.

»Ich habe sie dir freiwillig überlassen, Alter. Ich bin nicht interessiert daran, auf anderer Leute Kosten zu leben«, zischte Filou. Und dann schnellte er vor.

Der Kampf war in Sekunden entschieden.

»Und nun geht, ihr schwarzen Brüder«, rief der Graue. »Ihr habt nicht mehr viel Zeit, um die Stadt zu verlassen. Auf Nimmerwiedersehen!«

In diesem Moment griff eine höhere Macht ins Geschehen ein. Über den Katzen Beaulieus öffneten sich die Fenster der umstehenden Häuser, und ein Schwall von Flüchen und eine wahre Sintflut an kaltem Wasser ging auf sie nieder. Blitzschnell waren alle verschwunden.

NEUN

Am nächsten Morgen steckten Filou die Ereignisse der Nacht noch in den Knochen. Er brachte nur ein paar Frühstückshäppchen herunter, den Rest überließ er Felix, der seinen Teil längst heruntergeschlungen hatte und sich nun dankbar schnurrend über den Fressnapf seines Vaters hermachte.

»Mon chou, was ist los?«, fragte Josephine mit großen Augen. Aber wollte sie das wirklich wissen?

Filou schlich sich von der Terrasse und durch die Hecke hinaus. Es gelang ihm, ungesehen durch den Kindergarten zu schlüpfen. Man hatte die Kleinen herausgelassen, und die Menschenbrut veranstaltete ein fürchterliches Geschrei. Er war froh, dass niemand ihn bemerkte. Er war schon viel zu spät dran fürs Rendezvous mit Fidel. Eine Begegnung, die ihn zu umfangreichen Ausweichmanövern zwang, konnte er heute nicht gebrauchen.

Normalerweise war es nicht weiter schlimm, wenn er zu spät aufkreuzte, Herrchen verbrachte Stunde um Stunde mit der Zeitung und mit seinem Kaffee. Manchmal ließ sich ein Freund oder Nachbar blicken, und es wurde geplaudert und Pastis getrunken, schon vor dem Mittagessen, dann blieb Herrchen noch länger. Also –

kein Grund zur Eile. Doch als Filou im Gärtchen unter dem Obelisken eintraf, war der Mops nicht da.

Filou kam das äußerst ungelegen. Er brauchte Fidels Rat, er musste mit ihm über den grauen Rächer sprechen und über das, was ihr gemeinsamer Sieg über die drei schwarzen Brüder bedeutete. Er musste wissen, ob er dem Grauen trauen konnte. Musste in Erfahrung bringen, woher er stammte und wohin er gehörte. Und was er für Absichten hatte. Die Freiheit? Oder eine neue Form der Unterdrückung? Seufzend kroch Filou unter den Rosmarinbusch, bettete den Kopf auf die Pfoten und hatte soeben beschlossen, geduldig zu warten, als ihn eine raue Stimme hochschrecken ließ.

»Dreimal um den Platz herum! Na los, beweg dich, du räudiger Halunke!«

Filou blinzelte. Vor ihm stand der Mops, die Beinchen durchgestreckt, den Brustkorb gewölbt, die Ohren aufgestellt und ein helles Blitzen in den dunklen Augen. »Wolltest du mich nicht jagen? Oder war das nur ein leeres Versprechen?«

»Natürlich nicht!« Filou tat entrüstet. »Als ich dich nicht antraf, bin ich davon ausgegangen, dass du dich drücken willst.«

»Niemals!« Fidel rannte los. Filou hinterher.

»Guck mal da! Eine Katze jagt einen Hund!« Ein halbwüchsiger Junge kippte bei ihrem Anblick von seinem Skateboard.

»Aus dem Weg!«, zischte Filou.

»Der arme Hund«, rief eine Frau. »Der tapfere Kater«, eine andere.

Die zweite Runde. Fidel wurde langsamer.

»Yallah yallah!« Filou schnappte nach einem weißen Hinterbeinchen.

»Ich kann nicht mehr«, keuchte Fidel.

»Quäl dich, du Sau«, fauchte Filou.

»Gnade«, prustete der Mops, scherte aus, wankte hinüber zum Obelisken und ließ sich schwer atmend auf seinen Lieblingsplatz fallen.

Filou folgte ihm mit lässig aufgestelltem Schweif. »Und wer hat vorhin angegeben wie Monsieur Dupins Terrier?«

»Rom ist auch nicht an einem Tag erbaut worden«, stöhnte Fidel.

Filou kannte den Spruch, Fidel führte ihn ständig im Maul. »Von Rom ist nicht die Rede, weiser Freund, wir sprechen von Kilos.«

»Sag ich doch. Was man sich über den Winter angefressen hat, wird man nicht an einem Tag wieder los.«

»Hoffentlich hat die Comtesse so lange Zeit«, murmelte Filou.

»Danke für dein Verständnis!« Fidel rollte sich auf die Seite und tat beleidigt.

»Ich bin dein Coach! Ich meine es nur gut mit dir. Also. Was hast du gestern gegessen?«

»Kartoffelpüree mit Sauce«, kam es kleinlaut zurück. »Den Rest von Herrchens Bœuf bourguignon. Und Nachtisch.«

»Nachtisch?«

»Kuchen«, flüsterte der Mops.

Kuchen. Filou schüttelte den Kopf. Allein der Gedanke an Kuchen war ihm fremd. Und vor allem: Wer so viel fraß, war nicht wirklich verliebt. Verliebte Kater brachten nicht einen Bissen herunter. »Dann sind deine Gefühle nicht groß genug«, sagte er streng. »Liebe braucht keinen Nachtisch.«

»Wer redet denn von Liebe?« Der Mops verdrehte die Augen. »Liebe ist ein vorübergehender Wahnzustand, erzeugt durch einen Überschuss an Hormonen.«

»Ah ja? Und was ist mit der vergötterten Agathe?«

Fidel starrte ihn vorwurfsvoll an. »Ich tu mein Bestes, mich *nicht* in die Comtesse zu verlieben. Ich verehre sie, verstehst du? Das ist etwas ganz anderes! Oder denken Kater immer nur an das eine?«

»Dieser Kater hier denkt nur an das Wohl seines Freundes«, schnurrte Filou scheinheilig. In Wirklichkeit juckte ihm die Pfote. Für solche Sprüche verdiente der Mops einen kräftigen Schlag auf die Nase. Mit ausgefahrenen Krallen. Das verstärkte den Lernprozess.

»Du denkst an mein Wohl? Schön. Dann gib mir einen Rat.«

»Gern.« Man war ja nicht nachtragend. »Du verehrst sie, fürchtest aber, ihr äußerlich nicht gerecht zu werden. Sehe ich das richtig?«

»Im Prinzip ja. Obwohl ich natürlich fest davon ausgehe, dass Agathe sich jederzeit über Äußerlichkeiten hinweg auf eine schöne Seele einzulassen vermag. Andererseits ...« Er blickte hilflos auf seine Leibesmitte.

»Sicher ist sicher, verstehe. Gut: Während du sie in anregende philosophische Gespräche verwickelst, damit sie einen Einblick in deine schöne Seele nehmen kann ...«

»Ihr Frauchen hat sich mit Herrchen zum Mittagessen verabredet, verstehst du? Ich sehe sie wieder, schon bald«, raunte der Mops.

»Während du also einerseits jede Möglichkeit nutzen wirst, um mit deinen inneren Werten zu protzen, möchtest du auch körperlich, nun, wie soll ich sagen ...«

»*Form follows function*«, sagte der Mops. »*Mens sana in corpore sano*. Oder, um dir verständlich zu sein: Auch die schönste Seele braucht ein ansprechendes Gehäuse.«

Eingebildeter Kerl, dachte Filou. »Unterbrich mich nicht dauernd. Ich schlage folgendes Programm vor.«

Der Mops nickte ergeben.

»Erstens ...«

»Erstens«, wiederholte Fidel feierlich. Wahrscheinlich hätte er mitgeschrieben, wenn ihm das gegeben wäre.

»Erstens: körperliche Bewegung. Jeden Morgen drei Runden um den Platz.«

»Ja. Natürlich. Ja.«

»Vor jeder Mahlzeit: drei Runden ums Haus.«

»Oh. Nicht gleich an den Napf?« Fidel wiegte den Kopf. »Da wird Herrchen sich aber wundern.«

»Egal. Das ist ja nur der Anfang. Die wichtigste Botschaft: Du musst dein Leben ändern.«

Jetzt hatte er Fidels gesammelte Aufmerksamkeit. Das war ein Thema, für das er sich erwärmen konnte. Das hatte philosophische Dimensionen. Oder?

Richtig. Filou sah fasziniert zu, wie sein Freund Haltung annahm und das Gesicht in tiefschürfende Falten legte.

»Du musst dein Leben ändern. Genau. Das fordern unsere Philosophen seit Sokrates. Oder seit Platon? Gemeint ist jedenfalls: Selbstkontrolle. Und das heißt: Kampf dem inneren Schweinehund.«

Das ist schon mal ein Schritt in die richtige Richtung, dachte Filou.

»Neuere Forschungen verweisen allerdings auf natürliche Schranken der Selbstkontrolle. Wird ein Lebewesen von seinen Genen bestimmt, oder hat es einen freien Willen?« Fidel stützte seinen Kopf grüblerisch in die rechte Pfote. »Gibt es Schicksal, oder können wir das Schicksal wenden? Müssen wir uns mit dem

Unabänderlichen abfinden, oder sollten wir, im Gegenteil, nie nachlassen in unserem Streben?«

Filou seufzte auf. »Du lenkst ab, Mops.« Er hätte sich denken müssen, dass das Philosophieren bei Fidel Zweifel und Ausflüchte nährte. Das führte zu nichts, vor allem nicht weiter.

»Und weißt du, was Friedrich Schiller dazu sagt?«

Friedrich wer? »Du wirst es mir sicherlich gleich mitteilen, großer Geist.«

»Er sagte: ›Wohl dem Menschen, wenn er gelernt hat, zu ertragen, was er nicht ändern kann, und preiszugeben mit Würde, was er nicht retten kann.‹«

Aha. Jetzt war klar, worauf das ganze Philosophieren und Finassieren hinauslief. »Du willst dich also mit deiner Figur abfinden.«

»Nein!« Der Mops sprang mit funkelnden Augen auf. »Ich werde jedes einzelne Kilo mit Würde preisgeben, wenn es mich – in den Augen der Welt – bei Agathe …« Er stockte und sank wieder in sich zusammen. »Du verstehst nicht. Ich will ja. Aber ich weiß nicht, ob ich kann. Schon phylogenetisch betrachtet.«

»Schluss mit dem ganzen Philokram«, knurrte Filou. »Jetzt geht's an die Praxis!«

Fidel hob die Pfote. »Hör mich an. Hunde sind Rudeltiere. Da muss man sich ranhalten, wenn es ans Fressen geht, damit die anderen nicht schneller sind. Und deshalb schlingt man als Hund besser rein, was man kriegen kann! Wer hat, der hat.«

Filou traf die Erkenntnis wie ein Schlag. Fidel hatte recht. Katzen waren Einzelgänger, sie kannten keine hündische Gier. Hier ein Häppchen, da ein Häppchen, nur keine Eile, das war ihre Devise. Hunde waren mithin entschieden primitiver. Sogar ein derart schlaues Wesen wie der Mops.

»Okay«, sagte er nach kurzem Überlegen. »Dann hätte ich da was für dich, das dem Stand der hündischen Entwicklung entspricht. Ich schlage dir die Steinzeitdiät vor.«

Die Steinzeitdiät war das Allerneueste, Isabelle hatte sie vor kurzem Henri vorgeschlagen, der darüber klagte, dass ihm die Hosen zu eng geworden waren. Soweit er richtig zugehört hatte, sollte man sich dabei überwiegend von etwas ernähren, was man vorher gejagt oder gesammelt hatte. Das hieß: Fleisch und Früchte und viel Bewegung vor jeder Mahlzeit. Von Früchten hielt Filou wenig, seit er bei Marla Erdbeeren kennengelernt hatte. Aber Fleisch? Dagegen sprach wenig, nein: gar nichts.

»Du isst dabei vor allem Fleisch und verhältst dich so, als ob du dein Futter selbst jagen müsstest.«

Der Mops wiegte den Kopf. »Das scheint mir aber ein Rückschritt zu sein. Sollten wir nicht froh sein, dass wir diese schreckliche Steinzeit hinter uns haben?«

»Also: Ab heute keine unnatürlichen Lebensmittel wie Kartoffeln oder Mehlspeisen mehr, vor allem kein Brot oder gar Kuchen. In Mäusen steckt schließlich auch kein Kuchen.«

»Mäuse?« Fidel schüttelte sich angeekelt.

»Meinetwegen Kaninchen. Hauptsache: Proteine.«

»Proteine«, hauchte Fidel erleichtert. »Welche Marke ist das?«

»Marke?«

»Ich meine: Was steht auf der Dose?«

Dose? Henri und Isabelle aßen nichts aus der Dose. Proteine waren irgendein Tier. Aber welches? Und sollte man einem Hund wirklich raten, sich sein Essen selbst zu jagen? Wer wusste schon, ob das nicht finsterste Instinkte weckte. Filou hatte plötzlich die peinliche Vision von einem kläffenden, muskelbepackten weißen Mops, der einen roten Kater jagte.

»Wenn ich mich einmischen darf?«, zirpte es neben ihm.

Filou schaute überrascht zur Seite. Und da saß Felix, sein frecher Sohn, sich angelegentlich hinter dem Ohr kratzend. »Ich rate zu Eidechsen. Kein Fell, keine Knochen, kaum Mageninhalt, also auch keine Kohlenhydrate – pures Eiweiß.«

Fidel und Filou waren sekundenlang sprachlos.

»Davon nimmt man ab. Garantiert.«

Fidel wollte etwas entgegnen, aber Filou war schneller. »Was machst du denn hier?« Kaum gesagt, hätte er sich am liebsten aufs Maul gehauen. Das war wirklich eine selten dumme Frage.

»Ach, zu Hause war mir langweilig«, antwortete Felix lässig. »Ich dachte, ich geh und fang mir ein

Häppchen. Und auf dem Weg zum Friedhof hab ich euch gesehen, und da dachte ich: Guckst du mal, was die beiden Alten so aushecken.« Der Kleine strahlte sie an.

»Und du meinst … Also …« Fidel stotterte. »Eidechsen? Wirklich?« Er sah aus, als ob er sich gleich übergeben würde.

»Klar. Die sind gar nicht so leicht zu fangen. Was natürlich das Beste ist: Wer jagt, ist in Bewegung. Das ist wichtig, wenn man abnehmen will.«

So ein kleiner Schlaumeier, dachte Filou.

»Wer immer nur faul herumliegt und sich von den Menschen versorgen lässt …« Felix schien mit einem Mal zu merken, mit wem er sprach, und verstummte.

Fidel blickte seinen alten Freund anklagend an. »Sagtest du nicht, dein Sohn sei ein verwöhnter kleiner …«

»Mein Sohn ist ein verdammt schlauer Bursche, und ich bin stolz auf ihn.« Filou fiel dem Freund hastig ins Wort. »Außerdem hat er recht. Du liegst zu oft faul herum.«

»Ich liege nicht faul herum! Ich denke«, protestierte Fidel. »Und langsam bin ich euer Gerede leid. Wenn sie mich nicht mag, so wie ich bin, kann sie mir gestohlen bleiben.« Mit diesen Worten setzte er sich auf und hob die Nase in den Wind. »Da ist sie«, sagte er mit samtweicher Stimme und blickte mit feuchten Augen hinüber zum Café de la Paix. »Ich muss dann mal.«

Ihre Blicke folgten dem wackelnden weißen Hinterteil, als sein Besitzer sich plötzlich umdrehte: »Und ihr bleibt hier. Sie mag keine räudigen Flohfallen.«

Filou sah Felix an, Felix blickte ratlos zurück.

»Und erst recht«, sagte der Mops vornehm, »keine Eidechsenfresser.«

ZEHN

Und jetzt?«, fragte Felix, als der Mops verschwunden war.

»Ich dachte, du wolltest jagen gehen?« Filou betrachtete seinen Filius mit gemischten Gefühlen. Der Kleine war clever. Und er, Filou, sein Vater, hatte Vorurteile gehabt. Eigentlich sollte er froh sein, dass er sich geirrt hatte. Andererseits – woher hatte der Kleine das? Dieses Jagdfieber? Nicht von seinem Vater. Filou hatte nun mal noch nie eine Maus gefangen. Noch nicht einmal einer halbflüggen Amsel hatte er etwas antun können. Und jetzt entpuppte sich sein Sohn als routinierter Killer.

»Ach, lieber geh ich mit dir«, sagte der Kleine. »Was hast du vor? Ich meine – darf ich mit?«

Von Josephine hatte er den Jagdinstinkt erst recht nicht. Sie war das vorverdaute Futter aus der Dose gewohnt. Soweit er wusste, hatte sie noch nie auch nur ein einziges Stückchen rohes Fleisch gekostet. Filou hatte in seiner Jugend wenigstens einmal an einer Fischgräte gerochen, mehr hatten ihm die anderen ja nicht übrig gelassen. Was ihn an etwas erinnerte. Wenn ihn nicht alles täuschte, war heute Mittwoch. Und das hieß …

»Komm, wir gehen zum Markt.«

Felix gab einen kleinen Wohllaut von sich und streckte sich, um seine Wange an der seines Vaters zu reiben.

Mit kerzengerade aufgestellten Schweifen liefen sie am Platz vorbei, an dem die alten Männer mit ihren Kugeln spielten. Heute war der Platz leer, nur ein junges Paar mit einem Hund saß auf der Bank. Die beiden redeten leise aufeinander ein und merkten gar nicht, wie sich ihre Töle beim Anblick der beiden Kater aufsetzte, Witterung aufnahm und dann mit hässlichem Gegeifer losstürzte. Felix kletterte in Windeseile den Stamm einer Platane hoch, aber Filou war nicht schnell genug.

Flüchten oder standhalten? Die Antwort war klar. Weglaufen galt nicht, er konnte Felix nicht alleinlassen. Und außerdem: Wie sah das aus, wenn sich der Vater feige aus dem Staub machte? Also versuchte er das Einzige, was in einem solchen Moment helfen konnte, wenn einen nicht vorher der Mut verließ. Er reckte sich auf steifen Beinen hoch, stellte sein Rückenfell auf, bauschte den Schweif und knurrte. Der Hund blieb stehen. Filou fauchte. Der Kläffer legte wieder los. Filou tat einen Schritt vorwärts. Die Töle jaulte. Gleich würde der Köter die Flucht ergreifen. Ein Angstkläffer, nichts Schlimmeres. Filou atmete auf.

Doch leider hatten auch seine Besitzer gemerkt, dass ihr Tier ihnen nicht brav zu Füßen lag. Und als die junge Frau ein langgezogenes »Benny, hierher!« schrie, setzte das nervenzerfetzende Kläffen aufs Neue ein.

Nun half nur noch eines. Filou ging mit ausgefahrenen Krallen auf den Köter los. Und noch bevor er ihm eins auf die Nase geben konnte, zog das Viech seinen Schwanz ein und lief jaulend heim zu Mutti.

Endlich Stille. Nur ein leises Schnurren war zu hören. Filou sah sich um, nach einer Weile blickte er hoch. Über ihm hockte Felix. Er balancierte auf einem Ast, genau über der Stelle, an der die Töle gestanden hatte.

»Draufgepinkelt«, sagte er. Und dann tastete er sich unter den aufmunternden Zurufen seines Vaters wieder herunter. Gelernt war gelernt.

Endlich waren sie auf der Rue des Fleurs, auf dem Weg zum Markt. Man huldigte ihnen, wie immer, wenn sie unterwegs waren: zwei rote Kater, einer groß und schön, der andere klein und niedlich – das gefiel allen, vor allem den Touristinnen, die bei ihrem Anblick auf die Knie sanken, die Hände ausstreckten und die seltsamsten Laute von sich gaben. Während Felix sich bereitwillig kraulen ließ, wahrte Filou Würde und Distanz, wie es sich für einen standhaften Kater gehörte.

Weiter. Links der Metzger, aus dessen Laden Wohlgerüche quollen.

»Können wir nicht?« Felix trat von einem Bein aufs andere. »Es riecht so gut.«

Filou hatte mit der Großzügigkeit des Metzgers keine gute Erfahrung gemacht; der spendierte nur was, wenn Weihnachten war. »Warte, bis wir auf dem Markt sind.«

Dort war es heiliger Brauch, am Ende der Verkaufszeit die Reste an die Katzen des Sprengels zu verteilen, weshalb jeden Mittwoch alle, die noch laufen konnten, nach Beaulieu pilgerten. Filou und Felix waren spät dran, niemand begegnete ihnen, offenbar waren die meisten Katzen schon vor Ort. Sie trabten am Supermarkt vorbei, ohne auch nur einmal Witterung aufzunehmen, denn da war heute nichts los, wie immer an Markttagen. Nur vor dem Maison de la Presse standen Menschen mit Zeitungen in der Hand, die erregt aufeinander einredeten.

»Was ist passiert?«, wisperte Felix aufgeregt.

»Tote! Ein Bombenanschlag? Im Gare de Lyon?«, rief die Metzgersfrau, die frisch dazugestoßen war.

»Ich verstehe nur Bahnhof«, murmelte Filou.

Sie zogen weiter, zum Bistrot, in dem Isabelle tagsüber arbeitete. Hier saßen nur Touristen, die Einheimischen zogen das Café de la Paix vor, da gab es Platz und man war unter kultivierten Menschen, nämlich Franzosen, wie Fidels Herrchen zu sagen pflegte. Auch heute war das kleine Bistrot überfüllt. Sämtliche Tische draußen unter den Sonnenschirmen waren belegt, und Isabelle hatte alle Hände voll zu tun.

»Aufpassen! Dass niemand auf dich tritt!«, zischte Filou.

Geduckt schlichen sie sich zwischen den Tischen hindurch, entkamen den weichen, nach einem Croissant duftenden Händen einer jungen Frau in einem wallenden roten Gewand und den täppischen Annäherungsversuchen eines jungen Hundes, stromerten über die Straße und waren endlich da.

Felix zögerte, als er sah, was auf dem Marktplatz los war. Filou verstand das gut. Der Markt war in jeder Hinsicht überwältigend. Menschenmassen schoben sich zwischen den Ständen über den Platz, Männer in kurzen Hosen, Frauen in bunten Röcken, viele hatten ihre Hunde dabei, die meisten trugen einen Einkaufskorb.

Touristen erkannte man daran, dass sie sich langsam von Stand zu Stand treiben ließen und häufig stehen blieben. Die Einheimischen, die in Eile waren und ihre Einkäufe ohne Verzögerungen erledigen wollten, drückten sich ungeduldig an den Urlaubern vorbei. Wenn man sich das Gewimmel unvoreingenommen betrachtete, konnte man Zweifel bekommen, ob ausgerechnet hier ein guter Platz für eine Katze war. Schon wegen der Hunde.

Die größte Herausforderung aber waren die Düfte. Ein überwältigender Rausch, der jedes empfindliche Geruchsorgan auf eine harte Probe stellte. Es gab schließlich nicht nur Käse, Fisch und Fleisch, Gemüse und Obst. Ein ums andere Mal machte Felix halt, als sie sich unter den Ständen durchschlängelten, und witterte mit zuckenden Nüstern. Und plötzlich erstarrte er.

»Was ist?«, flüsterte Filou. »Wir sind noch nicht da!«

»Wonach riecht das hier?«, stammelte Felix.

Sie waren unter einem Stand mit Gewürzen angekommen. Es roch nasenbetäubend nach Schwarzkümmel und Zimt, Zitronengras und Minze. Filou kannte das schon, er versuchte stets, diesen Stand besonders rasch hinter sich zu lassen, denn der nächste war noch schlimmer: Dort wurden Duftseifen verkauft, deren Gestank ihn fast um den Verstand brachte.

»Schnell!«, zischte er Felix zu. »Nase zu und durch!«

Wie ein Blitz huschten sie unter den Ständen hindurch, bis die Luft wieder rein war. Dort, wo bunte Decken und Tücher verkauft wurden, Hüte und Schuhe, gerüschte Röcke und bedruckte T-Shirts, roch es kaum noch, zudem ging es in diesem Bereich nicht mehr so hektisch zu.

»Wo wollen wir eigentlich hin? Wie weit ist es noch?«, quengelte Felix.

»Wirst schon sehen. Nur noch bis ans Ende der Reihe, dann sind wir da.«

Am Ende der Reihe stießen sie auf einen Steinbrunnen, ein beliebter Treffpunkt für Mensch und Tier. Jetzt wagten sie sich ins Offene. Und sofort fühlte Filou sich wie magisch angezogen von seltsamen Klängen. An einer Platane lehnte ein Mann, der eine Art

glänzenden Karton mit vielen Knöpfen zwischen den Händen hielt, den er aufzog und wieder zuschob. Aus diesem Karton drangen Töne, die Filou mit einer unerklärlichen Sehnsucht erfüllten. Henri spielte besser, und Isabelle sang schöner, aber dies hier war Balsam für seine Ohren. Am liebsten hätte er mitgebrummt. Felix setzte sich neben ihn, und eine Weile hörten sie gebannt zu, taub für alles andere um sie herum.

Endlich bemerkte Filou, dass der Platz sich füllte. »Was gibt's denn hier? Gibt's hier was? Gibt's was umsonst?«, zischelte es hinter, vor und neben ihnen. Da waren sie, die Katzen von Beaulieu und Umgebung. Alle Sorten waren vertreten, junge und alte, schwarze und schwarz-weiße, getigerte und gefleckte, blaue, bunte, kurz- und langhaarige. Einige Tiere kannte er noch von früher: Da war Minou, die große Weiße mit den blauen Augen, die behauptete, von einer Heiligen aus Birma abzustammen, Mimi, die kleine Schwarze mit den weißen Söckchen, und einige der Kater aus der Bruderschaft der Rebellionszeit. Viele andere hatte er noch nie gesehen. Sie hockten im Weg und ließen sich von den Touristen streicheln, sie dösten auf den weichen Kissen der Madame, die bunte Decken verkaufte, sie saßen zu Füßen des Musikers und putzten sich.

Nichts erinnerte an die gar nicht so vergangenen Zeiten, als Maurice, Diabolo und Garibaldi noch bestimmten, was man durfte und was nicht. Bis letzten Mittwoch hatten sie auf dem Markt ein eisernes Regime geführt, niemand durfte aus der Reihe tanzen, und besonders zum Schluss, wenn die Fisch- und Fleischhändler die Abfälle und Reste verteilten, sorgten sie dafür, dass sie die besten Stücke bekamen, während die anderen Schlange stehen und warten mussten, bis die Brüder satt waren.

»Ah, da ist ja einer der beiden Helden!« Das narbenübersäte Kämpfergesicht von Wladimir, der einen verantwortungsvollen Posten im Bürgermeisteramt verwaltete, kam in ihr Blickfeld. »Habt ihr gut gemacht, Jungs!«

»Das war ein ganz großes Match«, mischte sich Belle ein, die Diva vom Friseur, eine Kartäuserin, von allen nur Madame Chartreux genannt. Dank ihres menschlichen Dosenöffners verstand sie etwas von Tennis und drückte sich gern entsprechend aus.

»Und jetzt warten wir alle auf Hercule! Er hat was zu verkünden, heißt es!«

»Hercule?«, fragte Felix mit Kleinkaterstimmchen.

»Na, der große Graue, dem dein Vater gestern geholfen hat, die Tyrannen zu besiegen!«

Filou bemerkte verlegen, dass Felix ihn von der Seite anschaute. Wahrscheinlich hatte der Sohn dem Vater ebenso wenig zugetraut wie der Vater dem Sohn.

»Hercule, der Stallbursche!«, zwitscherte eine kleine

grau-weiße Kätzin mit entzückenden schwarzen Stiefelchen, die Filou noch nicht kannte.

»Stallbursche?«, fragte Felix.

»Frag mich was anderes«, murmelte Filou.

Und dann sahen sie ihn.

ELF

Der Graue lag majestätisch ausgestreckt auf dem Rand des steinernen Brunnens, auf dessen Stufen zwei kleine Mädchen hockten und Eis aßen. Langsam schob sich die Katzenmenge näher, zögernd, schwankend zwischen Ehrfurcht und Neugier. Endlich erhob sich Hercule, streckte sich, machte einen Buckel und setzte sich wieder, den buschigen grauen Schwanz vor die Pfoten gelegt.

»Was für ein schöner Tag!«, sang er auf einmal. Jetzt blieben auch die Menschen stehen, tuschelten und starrten. Einige wichen zurück, als sich ein ganzes Katzenknäuel auf den Stufen zum Brunnen niederließ.

»Was ist denn hier los?«, murmelte ein Mann, der mit einem Einkaufskorb vor dem Wagen mit dem köstlich duftenden Ziegenkäse stand und sich mit der Käsefrau unterhalten hatte.

»Minou! Minou!«, krähte ein kleiner blondlockiger Junge und wollte auf die Tiere zulaufen.

»Du bleibst gefälligst hier«, fauchte seine Mutter. »Wer weiß, was mit den Viechern los ist. So was ist doch nicht normal.«

»Tollwut?«, fragte eine andere Mutter neben ihr mit

zitternder Stimme, packte ihr Kind fest an der Hand und zerrte es fort.

Hercule stimmte die nächste Strophe an. »Beaulieu ist wieder frei. Frei von Unterdrückung und Ungerechtigkeit. Frohlockt!« Die Katzen zischelten beifällig.

»So etwas habe ich noch nie gesehen, so eine verrückte Versammlung. Katzen sind keine Rudeltiere. Eigentlich«, sagte eine Stimme hinter ihnen. Filou kannte die Stimme, sie gehörte dem Herrchen von Fidel. Er drehte sich um. Der Mann hatte Fidel an der Leine, der alte Freund sah frisch gewaschen aus und roch auch so. Filou nickte ihm zu.

»Hercule heißt der Kerl, hab ich gehört«, murmelte der Mops. »Das war doch der mythische Held, der den Stall des Augias ausgemistet hat.«

»Wer ist Augias?«, piepste Felix.

»Augias war ein griechischer König, der furchtbar viele Rinder besaß, deren Mist er dreißig Jahre lang im Stall liegen gelassen hatte.«

»Wo ist der Stall? Gibt's da Mäuse?«

»Hercule sollte diese ungeheuerliche Aufgabe an einem Tag erledigen.«

»Quatsch«, sagte Filou. »Das ist unmöglich.«

»Ist ja auch nur eine Legende«, gab Fidel großmütig zu.

»Shhh«, zischte der grindige Kater neben ihnen und funkelte sie böse an.

»Wir haben die schwarzen Brüder aus dem Dorf gejagt. Nun wollen wir uns des Lebens freuen!«, tönte Hercule.

»Jawohl!«, rief ein Jungkater.

Blitzschnell zuckte Filous Pfote vor und verpasste dem vorlauten Kerl eine. So einer hatte noch nicht mitzureden.

»Sagt man nicht, dass Katzen eine Art siebten Sinn haben und immer dann zusammenkommen, wenn ein Erdbeben droht?« Die verängstigte Stimme einer Frau, die sich bis zu ihnen vorgekämpft hatte.

»Also wirklich, Christiane«, murmelte ihr Mann, der ihr gefolgt war, »man muss nicht alles glauben, was die Leute sagen.«

»Wir gehen«, flüsterte sie und zog ihn am Ärmel davon.

»Und jetzt: guten Markttag!« Hercule beendete seinen Gesang und sprang vom Brunnenrand.

Filou wollte auf ihn zulaufen, aber der Graue war bereits in der Menge verschwunden. Schon hatten sich auch die anderen Katzen aus dem Staub gemacht. Filou ahnte, wo sie waren: am Fischstand. Monsieur war für seine Großzügigkeit bekannt.

»Los geht's«, sagte er zu Felix, »wir kommen sonst zu spät.«

Doch am Fischstand erwartete sie eine Enttäuschung. Aber nicht, weil sie nicht rechtzeitig da waren.

Anstelle des gutmütigen Monsieur stand ein junger Bursche hinter der Fischtheke, der wild die Arme schwenkte und versuchte, die Katzen zu verscheuchen. »Haut ab, ihr Aasgeier! Wenn euch das Gesundheitsamt sieht, bin ich erledigt«, rief er ihnen hinterher.

»Kein Fisch?« Felix sah seinen Vater fragend an.

»Sieht so aus.«

»Schade.«

Einträchtig verließen sie den Markt. Der Kleine hielt Schritt, obwohl er dabei ohne Punkt und Komma plapperte. »Und wenn wir beim Bistrot vorbeigehen? Vielleicht hat Isabelle ein bisschen Kaffeesahne übrig.«

»Du weißt, dass das ungesund ist«, sagte Filou abwesend und trabte weiter.

»Vielleicht doch mal beim Metzger vorbeischauen?«

»Der gibt nichts.«

»Aber …«

»Warte, bis wir zu Hause sind.«

»Aber ich habe Hunger!«

»Na gut. Zum Bistrot.«

»Prima! Und auf dem Weg dahin erzählst du mir, wie du mit Hercule die drei Schwarzen besiegt hast, ja?«

Filou versuchte, seine Rolle so bescheiden wie möglich anzulegen, aber es schmeichelte ihm, dass Felix ihn zu bewundern schien. Das war ganz was Neues.

»Und dann? Und dann? Als es zwei gegen einen stand, was hast du da gedacht?«

»Dass das unfair ist«, antwortete Filou.

»Und dann?«

»Dann bin ich losgesprungen.«

»Runtergesprungen? Vom Kriegerdenkmal?« Felix machte große Augen. »Du bist einsame Spitze, Dad.«

Für dieses Lob verzieh Filou seinem Sohn sogar das hässliche D-Wort.

Das Bistrot war noch immer voll. Felix huschte hinein, suchte an der Bar, suchte in der Küche, wo man ihn mit einer Ratte verwechselte und beinahe mit der Bratpfanne erschlagen hätte. Nirgends eine Spur von Isabelle. Nur Didier war da, der seinen Laden ohne sie bewältigen musste, entsprechend schlechte Laune hatte und ihn verscheuchte. Seltsam, dachte Filou. Eigentlich hatte sie mittwochs den ganzen Tag über Dienst. Ihr war doch nichts passiert?

»Was jetzt? Brunos Bar?«, fragte Felix unternehmungslustig.

»Du bist noch nicht volljährig«, grummelte Filou.

»Och.« Felix guckte unschuldig.

Filou sah ihn von der Seite an. Bestimmt hatte sich der Bursche schon in der Bar herumgetrieben, obwohl es da weder schöne Frauen noch leckere Häppchen gab, nur rauchende Männer und Rotwein. Und es stank nach Männerpisse neben dem Eingang. Er fragte sich langsam, welche Ecke von Beaulieu sein Filius noch nicht gründlich auskundschaftet hatte.

»Nach Hause mit dir«, sagte er und gab ihm einen Klaps. Sie trabten weiter, über die Grande Rue zur Place de la Patrie, und schlüpften erst durch die Liguster- und dann durch die Steinlorbeerhecke. Es duftete nach Gras und Rosen. So roch Heimat.

Nur zwei Dinge störten den Frieden: Josephine lag nicht auf ihrem Stammplatz. Und aus dem Haus drangen Geräusche, die geeignet waren, ihm die Stimmung gründlich zu verleiden. Henri bediente ein Gerät, das Filou inbrünstig hasste, und Isabelle lief ihrem Liebsten mit einem Eimer Wasser hinterher, ein Element, das er ebenso wenig liebte. Die beiden veranstalteten etwas, das sie Hausputz nannten. Filou zog den Schwanz ein und verkroch sich unter das Sofa.

Nur Felix war nicht zu erschüttern. Der Kleine rannte los, sprang auf den Staubsauger und ließ sich schnurrend durch die Gegend schieben. Die Jugend, dachte Filou, ist schamlos.

ZWÖLF

Erst als wieder Ruhe herrschte, wagte Filou sich hervor. Isabelle ruhte im Sessel, Josephine lag neben ihr, und Henri saß am Klavier und blätterte in seinen Noten. Er hoffte, sich unentdeckt zum Katzenkorb schleichen zu können, aber Isabelle hatte ihn sofort entdeckt, sprang auf, lockte ihn zärtlich zu sich und nahm ihn auf den Arm. Normalerweise liebte er das gar nicht, und es gab nur zwei Personen, die sich das erlauben durften. Die eine war Isabelle, und die andere hieß Marla und war nun schon viel zu lange weit weg in Paris.

»Mein Schöner«, murmelte Isabelle.

Filou stupste seinen Kopf in ihre weiche Hand.

»He! Ihr seid nicht allein auf der Welt!«, quengelte Felix, der sich an Isabelles Beine schmiegte.

»Es gibt großartige Neuigkeiten.« Isabelle ließ Filou von ihrem Arm springen. »Du wirst es nicht erraten.«

Natürlich nicht. Ich bin kein Hellseher, dachte Filou.

»Und eigentlich sollte ich es dir gar nicht verraten, aber …« Sie blickte ihn abschätzend an. Er ahnte, was ihr im Kopf herumging. Sie fragte sich, ob so ein Kater überhaupt verstand, was sie ihm mitteilte. Oh, ich bin doch ein Hellseher, stellte Filou erfreut fest und schmiegte sich an ihr anderes Bein.

»Marla«, sagte Isabelle und sah ihn erwartungsvoll an.

Filou ließ die Rute sinken. War Marla etwas passiert? Ihm fiel der Bombenanschlag ein, über den die Menschen vor dem Maison de la Presse gesprochen hatten und bei dem so viele Menschen umgekommen waren. Das war in Paris geschehen, in der Stadt, in der Marla wohnte! Hatte sie … War sie womöglich … Er wagte nicht, den Gedanken zu Ende zu denken.

»Freust du dich nicht?«, fragte Isabelle verwundert. »Marla kommt zurück!«

Sein Schweif zuckte hoch.

»Bald ist sie wieder da. Ist das nicht schön?«

Es wurde dann doch noch ein Tag nach seinem Geschmack. Alles war gut, ruhig und friedlich, es gab zu essen, man konnte in aller Ruhe ein Nickerchen halten und auf den Feierabend warten.

Filou wachte rechtzeitig auf, als Henri wie an fast jedem Abend die Kerzen anzündete. Menschen und Tiere versammelten sich auf der Terrasse, um den Nachtvögeln zuzuhören.

Felix lag nun neben Isabelle, Josephine hockte neben Henri, und Filou hatte einen Stuhl ganz für sich allein. Erst gingen die geschwätzigen Rotschwänzchen ins

Bett, kurz darauf die Amseln, nachdem sie ihr Abendlied geflötet hatten. Noch jagten die Mauersegler in der Dämmerung nach ihrem Abendbrot, schon kamen die Fledermäuse heraus zum Frühstück. Dann riefen die Käuzchen, bald würde die Nachtigall loslegen. Und ganz in der Ferne ertönte der Ruf des Glockenfroschs.

Nichts und niemand störte den Frieden. Filou döste und hörte nicht auf das, was Henri und Isabelle leise miteinander beredeten. Erst als der Name fiel, horchte er auf. *Ihr* Name.

»Aber warum kommen nur Frederick und Marla zurück?«, fragte Isabelle. »Was ist mit Ivonne?«

»Sie ist sehr erfolgreich in Paris mit ihren Bildern, weißt du. Da bleibt nicht viel Zeit für die Familie.« Henri nippte an seinem Rotwein.

»Du meinst, sie haben sich getrennt?«

»Frederick glaubt, es sei nur eine Trennung auf Zeit.«

Isabelle schwieg eine Weile. Nur das sanfte Schnarchen von Josephine war zu vernehmen. Filou war nicht wirklich interessiert an den Gründen, aus denen Ivonne in Paris blieb. Er hatte ein gespanntes Verhältnis zu Marlas Mutter, schon weil sie Lucrezia vorgezogen hatte, seine zänkische Stiefmutter.

»Ich weiß nicht – vielleicht passten sie nie richtig zusammen, er mit seiner Autowerkstatt und sie mit ihrem künstlerischen Ehrgeiz.«

»Mag sein.« Auch Henri schien nicht übermäßig an Ivonne interessiert.

»Und vielleicht ist es einfach nicht gut, wenn einer dem anderen folgen muss – wegen der Karriere. Oder?«

Henri räusperte sich. »Ich glaube, Frederick möchte vor allem fort aus Paris. Er will nach Hause.«

»Und Marla? Es muss doch für ein junges Mädchen schrecklich sein, aus der Hauptstadt wieder zurück in die Provinz zu kommen. In Paris hatte sie doch alle Chancen!«

»Wärst du auch lieber in Paris?«, fragte Henri sanft.

Isabelle seufzte. »Manchmal ja. Meistens nicht. Hier ist meine Heimat.«

»Aber wenn du eine berühmte Sängerin bist – wirst du mich verlassen.«

Sie lachte, aber fröhlich klang das nicht. Plötzlich setzte sie sich auf. »Und wenn auch Ivonne zurückkehrt? Sie werden in unser Haus ziehen wollen.« Sie klang traurig. »In *ihr* Haus.«

Henri zog seine Isabo an sich. »Du weißt doch, dass ich das Haus nur vorübergehend gemietet habe. Es war klar, dass sie eines Tages zurückkehren würden. Nun kommt das alles ein bisschen plötzlich, aber wir richten den Anbau her. Frederick meint, das würde Marla und ihm genügen, bis klar ist, wie das Leben weitergeht.«

»Wir müssen den Keller entrümpeln. Das Bad muss

neu gemacht werden. Wir sollten die Wände streichen. Wann wollen die beiden hier sein?«

Henri lachte. »Nur keine Eile, wir haben noch ein paar Tage Zeit. Das meiste kann ich selber machen.«

»Aber – deine Hände?«

»Die müssen auch noch was anderes können als Cello und Klavier spielen. Die Konzertkarriere haben sie hinter sich. Mit fünfunddreißig ist man kein Debütant mehr. Während du, meine Liebe, noch alles erreichen kannst.«

Er klingt traurig, dachte Filou. Aber heute bekümmerte ihn das nicht. Marla kam zurück. Das war das Entscheidende.

Leise schlüpfte er von seinem Sitz. Josephine schnarchte selig vor sich hin, Felix hatte sich auf Isabelles Schoß zusammengerollt, die ihren Kopf an Henris Schultern gelehnt und die Augen geschlossen hatte. Die reinste Familienidylle. Sie zu schützen und zu bewahren war oberste Katerpflicht. Und deshalb musste er hinaus in die Nacht.

Der Roche du Diable lag im Schein einer schmalen Mondsichel. Unter einer gnatterigen Kastanie, die wie eine alte Frau mit Kropf aussah, nahm Filou einen Schatten wahr. Da war jemand. Wartete auf ihn? Lauerte ihm auf? Er machte sich flach und schlich sich an. Der Schatten bewegte sich, plusterte sich auf, war gar kein Schatten. Im Licht des Mondes erhob sich ein riesenhaftes Tier mit einem enormen Buckel und einem breit aufgefächerten Schwanz.

»Hallo, Kampfgefährte. Ich habe mich noch gar nicht bedankt«, sagte der Graue. »Ich bin Hercule.«

Filou schüttelte sich erleichtert und schritt auf den Grauen zu. »Filou«, sagte er. »Wir haben zu danken. Endlich sind wir den Terror der drei schwarzen Brüder los.«

»Es war an der Zeit. Hier liefen ja alle nur noch geduckt herum.« Der Graue ging vor zur Felsnase, auf der Filou Wache zu halten pflegte. Filou folgte ihm. Beide schauten hinab auf Beaulieu. Endlich herrschte auch nachts wieder Leben im Ort. Zwei Kater prügelten sich. Vier Kätzchen spielten auf dem Dach des Hauses, in dem Josephine bis zum Tod ihres Frauchens gewohnt hatte. Und auf dem Friedhof jagten gleich fünf Tiere nach Mäusen und Vögeln und anderem Getier, das schmeckte.

»So sieht Freiheit aus«, sagte Hercule. Wie zur Antwort hörte man die beiden Kampfkater aufjaulen. Der Graue lachte. »Freiheit ist Risiko. Freiheit ist Konflikt. Ein Diktator verspricht Frieden und schafft Friedhofsruhe.«

»Wie recht du hast«, bemerkte Filou. Aber was versprach Hercule?

Der Graue schien Gedanken lesen zu können. »Ich verspreche gar nichts. Ich fordere ein würdiges Leben.« Er ließ sich nieder, legte den Kopf auf die Vorderpfoten und blickte hinunter. Filou tat es ihm gleich. Ein guter Stern hatte Hercule nach Beaulieu geschickt.

»Ich bin nicht frei geboren, weißt du«, sagte der Graue nach einiger Zeit. »Ich war ein glücklicher Sklave.«

»Du?«

»Ich hörte auf ›Chouchou‹ und gab mein Schwanzhaar für regelmäßiges Futter und freundliches Kraulen.«

»Verstehe«, antwortete Filou. Ganz verkehrt erschien ihm das nicht. Es hatte Zeiten gegeben, da hatte er ähnlich reagiert.

»Eines Tages bin ich einfach weggelaufen. Das war hammerhart. Als ich es vor Hunger nicht mehr aushielt, säuberte ich einen Kuhstall von Mäusen und Ratten. Seither nennt man mich Hercule.«

Filou senkte den Kopf. Schon bei der Vorstellung wurde ihm übel: er allein gegen Ratten und Mäuse? Dazu wäre er nie und nimmer in der Lage. Lieber war er ein glücklicher Sklave, auch wenn ihn der Gedanke beschämte. Als er wieder aufsah, begegnete er Hercules glühendem Blick.

»Wir wollen die Katzen Beaulieus lehren, wieder ein würdiges Leben zu führen, du und ich, was meinst du?«

»Sicher. Gewiss«, stotterte Filou. Ihm war nicht wohl. Urplötzlich hatte ihn das Gefühl beschlichen, dass Hercule ein Vertreter der Steinzeitdiät sein könnte. Nach deren Regeln, da war er sich ziemlich sicher, wollte er nicht leben. Wenn er nur essen durfte, was er gejagt hatte, würde er in kürzester Frist verhungern.

Unter Würde stellte er sich etwas anderes vor.

DREIZEHN

»Auf geht's! Bewegung! Keine Müdigkeit vorschützen! Drei Runden um den Platz! Los! Los!«

Fidel hob den Kopf. »Schrei nicht so. Ich hab Migräne.«

»Seit wann heißt dein innerer Schweinehund Migräne?« Filou blickte belustigt hinunter auf den Mops, der bei näherer Betrachtung tatsächlich nicht sehr fit wirkte. Das Fell war stumpf, die Ohren ohne Spannung, die Augen matt. Er ließ sich neben ihn fallen. Über ihnen schüttelte sich im lauen Wind der Rosmarinstrauch und bewarf sie mit blauen Blüten.

»Was ist los?«

»Sie ist versprochen«, flüsterte Fidel.

Sie? Das konnte nur eine sein. Agathe. »Was soll das heißen – versprochen?«

»Einem gewissen Jean-Luc Vicomte de la Merde.«

»Wie bitte?« Merde war ein Wort, das man nicht sagte, jedenfalls nicht, wenn man ein kleines Mädchen wie Marla war, das jedenfalls hatte ihre Mutter immer behauptet. Filou hatte nie verstanden, warum, aber er hatte es sich gemerkt.

»Okay, er heißt Jean-Luc de Mende. Aber Merde trifft's besser.«

»Und den – liebt sie?«

»Wer spricht denn hier von Liebe?«

»Ich frag ja nur, Hochwohlgeboren«, murrte Filou zurück.

»Eben nicht hochwohlgeboren, das ist ja das Problem.«

»Was denn dann?«

»›Jean-Luc ist einer der besten Deckrüden meiner Klasse‹, hat sie ihn genannt. Sehr vornehm.«

»Deckrüde?«

»Rassewichser«, knurrte Fidel. »Samenspender.«

»Also doch Liebe.«

»Quatsch. Sex. Bloßer öder langweiliger Sex. Reiz und Reaktion. Rein und raus. Damit die Dame einen Wurf hochkarätiger kleiner Möpse produziert, alle vom feinsten Adel.«

»Na ja«, sagte Filou. Was sollte er auch sonst sagen? Auch bei den Katzen entschied die Dame, welcher Kater als Erzeuger in Frage kam. Wieso sollte das bei Möpsen anders sein? »Und wo ist jetzt das Problem?«

Fidel seufzte und wischte sich mit der Pfote über das traurige Gesicht. »Sie glaubt, ich wolle das von ihr, was dem edlen Jean-Luc vorbehalten sein soll. Als ob man von einem guten Gespräch schwanger werden könnte!«

»Von einem guten Gespräch sicher nicht. Aber was, wenn sie … also … in jenen bekannten Zustand gerät?

Bist du sicher, dass du dich in diesem Fall zurückhalten könntest?«

»Primitive Geschöpfe wie rote Kater« – Fidel erhob sich zu seiner ganzen furchterregenden Größe – »halbwilde Zivilisationsversager vermögen sicher nicht, sich zu beherrschen. Aber ein Gentleman gibt seinen rohen Trieben nicht nach. Niemals.«

Das, dachte Filou, widerspricht aller Lebenserfahrung. Zumal Fidel sichtlich litt. Wenn das nicht Liebessehnen war, was dann?

»Mir geht es um eine platonische Beziehung. Um die hauchzarte Berührung zweier schöner Seelen.«

»Also Liebe ohne Sex. Sag das doch gleich!«

»Nein. Das ist mir zu primitiv.«

»Bitte untertänigst um Verzeihung, der Herr. Für Wesen von Geistesadel ist das Leben an sich zu primitiv, vermute ich.«

»Ich gehe mit Platon den philosophischen Weg. In seiner Theorie der Liebe entwickelt er, wie sich in einem Prozess der stetigen Verfeinerung das erotische Verlangen vom objektverhafteten Drang in ein allumfassendes Verständnis für die Schönheit als Objekt an sich wandelt. So oder so ähnlich.« Fidel hatte einen geradezu träumerischen Ausdruck im Gesicht.

»So oder so ähnlich. Verstehe.« In Filous Ohren klang das ebenso rührend wie unverständlich.

Fidel zuckte ungeduldig mit den Ohren. »Wir Philosophen unterscheiden zwischen Eros, Philia und

Agape. Eros impliziert das Begehren, Philia könnte man als Zuneigung übersetzen und Agape mit Wohlwollen. Und daraus ergibt sich ganz klar: Nur die erotische Liebe ist eine Herausforderung, die es zu meistern gilt, denn sie ist mit Verzicht verbunden. Zuneigung und Wohlwollen sind keine Herausforderung, sie erzwingen keinen Verzicht.«

»Aha. Und du suchst die Herausforderung.« Filou bemühte sich um Ernst und Haltung.

»Natürlich! Aber Agathe versteht mich nicht. Sie denkt, ich will – nun ja. Was ja nun nicht geht. Aber warum ist sie dann gekränkt, wenn ich ihr sage, dass ich ja gar nicht … du weißt schon?«

Jetzt konnte Filou nicht mehr an sich halten. Wenn Katzen lachen könnten, dann wäre das ein großes Gelächter gewesen, das seine Schnurrbarthaare zum Zittern brachte. Fidel hatte ihm verständnislos zugesehen und wandte endlich, tief gekränkt, den Kopf ab.

Filou versuchte seinen Heiterkeitsanfall zu erklären. »Kapier doch, du Meisterphilosoph. Agathe glaubt, du interessierst dich nicht für sie, wenn du sie nicht begehrst. Und begehren darfst du sie nicht, weil da dieser blöde Vicomte ist. Die ganze Sache ist verfahren. Vergiss es.«

»Aber das kann ich nicht«, flüsterte der Mops mit feuchten Augen.

»Dann entführ sie. Verführ sie. Mach irgendetwas, aber hör auf zu leiden.«

Fidel schüttelte traurig den Kopf, legte ihn auf die Pfoten, schloss die Augen und war für die Welt nicht mehr zu sprechen.

Filou aber spürte einen unbändigen Zorn auf all diese edlen Reinrassigen, die doch im Grunde nie mit einer echten, ehrlichen Prominentenmischung mithalten konnten. Niemals! Man musste dem liebeskranken Mops helfen. Aber wie?

Doch wenn er es recht bedachte ... Eigentlich verstand er ihn. Sex war ungemütlich. Und Begehren erst recht. Eine rollige Katze konnte alle Kater der Umgebung für Tage zum Wahnsinn bringen. Sie begnügte sich nicht mit einem Akt, oh nein. Sie nahm alle, die ihre Lust nicht zügeln konnten. Und jeder der wagemutigen Kater riskierte dabei sein Leben. Man musste den richtigen Zeitpunkt abwarten, musste bereit sein, wenn sie bereit war. Dann musste man schnell handeln: Sie im Nacken packen, damit sie stillhielt. Nicht währenddessen, das war nicht das Problem. Sondern danach. Denn sobald das geschehen war, nach dem sie so verführerisch verlangten, hatten alle Katzen nichts Eiligeres zu tun, als demjenigen, der ihnen den Gefallen getan hatte, das Auge auszuschlagen oder ein Ohr abzureißen. Voller Wut attackierten sie, wen sie zuvor noch mit allen Zeichen der Erregung eingeladen hatten.

Begehren war grausam. Sex war fürchterlich. Vielleicht hatte Fidel recht mit seinem Wunsch nach dem Unmöglichen.

VIERZEHN

Filou näherte sich dem Café auf Umwegen, nämlich von hinten. Er hatte keine gute Erinnerung an die letzte Begegnung mit der schwarzen Mopsdame und ihrem Frauchen. Vorsichtshalber bezog er Position in einem Blumenkübel unweit von Herrchens Tisch. Heute las Herrchen einmal nicht die Zeitung, sie lag ungeöffnet auf dem Stuhl neben ihm. Und der Milchkaffee sah aus, als ob er schon lange unberührt auf dem Tisch stand. Herrchen hatte nämlich keine Hand frei. Er hatte die geöffneten Hände auf den Tisch gelegt, damit die Frau mit den roten Krallen ihre hineinlegen konnte.

»Wann sehe ich dich wieder, Céline?«, fragte der Mann mit geöltem Charme. Ein Mann, der seinen liebenden Hund normalerweise mit »Fettsack« begrüßte. Erstaunlich.

Céline gab ein kokettes kleines Lachen von sich. »Aber Marcel!«

»Nun, ich werde unsere täglichen Unterhaltungen vermissen.«

»Gewiss. Natürlich. Ich auch.«

Die liebe Céline verzieht keine Miene beim Lügen, dachte Fidel. Und der gute Marcel macht sich genauso lächerlich wie sein Hund. Wobei ihm auffiel, dass

é de la Paix

Herrchen seinen treuen Fidel völlig vergessen zu haben schien. Das war empörend. Filou hatte große Lust, auf den Tisch zu springen und den beiden knurrend und fauchend die Hände zu zerkratzen, an denen sie sich so traulich hielten.

Vor lauter Zorn merkte er gar nicht, dass irgendetwas unter ihm scharrte und wisperte. Bis er endlich ein zartes Stimmchen vernahm.

»Halloooo?«

Er schaute hinab.

»Ist Ihr Freund heute unpässlich?« Die schwarze Comtesse stand vor ihm und bewegte schüchtern den Ringelschwanz.

»Das kann man wohl sagen«, schnauzte Filou.

»Verzeihen Sie, ich habe mich ungebührlich benommen bei unserer letzten Begegnung. Ich bin – nun ja: Ich bin den Umgang mit Katzen nicht gewohnt.«

»Das hat man gemerkt«, brummte Filou.

»Wenn Sie mir vielleicht trotzdem sagen könnten, wie es Ihrem Freund geht? Mir liegt daran«, wisperte die Mopsdame.

Filou musterte sie. Offenbar stand vor ihm die einzige Kreatur auf Erden, außer ihm selbst, der Fidels Schicksal nicht gleichgültig war. »Er ist – nicht glücklich«, murmelte er, schon freundlicher.

»Ich fürchte, ich habe ihn verletzt«, erklärte Agathe mit sanfter Würde. »Dabei liegt mir nichts ferner.« Sie senkte das glänzend schwarze Haupt.

Filou zögerte nur kurz. Dann sprang er geräuschlos von seiner Warte und folgte Agathe unter den Tisch, unbemerkt von Frauchen und Herrchen, die immer noch Händchen hielten. Céline redete ununterbrochen auf den armen Marcel ein.

»Marcel, mein Lieber, ich *muss* einfach zurück nach Avignon. Es *geht* nicht anders. Ich habe die Pille schon *vorgestern* abgesetzt, Agathe muss *umgehend* gedeckt werden, sonst macht sie alle Welt verrückt. Und es soll ja nicht *jeder* an sie ran, oder?«

»Natürlich nicht. Fidel würde niemals …«

»Das sagen sie alle«, konterte Frauchen kokett. »Und dann kommt es doch ganz anders. Also für Agathe kommt *nur* ein rassereiner Deckrüde in Frage.«

»Selbstverständlich!«, brabbelte Herrchen.

Du Verräter, dachte Filou.

»Verstehen Sie?«, flüsterte Agathe. »Sie möchte so gern einen rassereinen Wurf mit Stammbaum. Ich kann sie doch nicht enttäuschen!«

Über ihnen lachte Céline auf. »Aber wenn wir das *einmal* hinter uns haben, Agathe und ich …«

Wir? Agathe und ich? Wie bitte? Filou traute seinen Ohren nicht.

Agathe senkte die Augen. »Sie sehen ja: Es ist ihr Herzenswunsch! Sie redet schon seit Wochen von nichts anderem. Ich *muss* ihr den Gefallen tun.«

Filou wandte ihr beschämt den Rücken zu. Was waren Hunde doch für Kreaturen! Verdienten Menschen es eigentlich, so aufrichtig und selbstlos geliebt zu werden? Menschen wie die immer noch plappernde Céline?

»Wenn alles *gut* gegangen ist, dann … wer weiß … Es ist ja nicht *weit* nach Beaulieu, mal gerade *eine* Stunde Fahrtzeit«, säuselte sie.

»Nicht weit! Genau! Wer weiß!«, wiederholte Herrchen, glücklich glucksend.

Agathe seufzte. »Frauchen und ich fahren also bald. Ich glaube nicht, dass wir noch einmal hierher ins Café kommen. Dabei würde ich Fidel doch so gerne noch sagen …« Sie ließ verlegen den schwarzen Kopf sinken.

Filou überlegte nicht lange. »Kommen Sie!«, zischte er und lief voran, im Schutz von Tischen und Stühlen und Sonnenschirmen.

Als sie im Gärtchen unter dem Obelisken angekommen waren, vernahm man leises Winseln. Agathe stutzte, stieß einen Schmerzenslaut aus und sprang unter den Rosmarinbusch. Und dann waren ganz andere Töne zu hören.

Filou sah verträumt zu, wie sich der Strauch schüttelte und Rosmarinblüten regnen ließ. Zufrieden schlich er davon.

FÜNFZEHN

Doch Frieden war ihm nicht vergönnt. Kaum hatte er den Obelisken verlassen, geriet er in ein Inferno. Er hatte sich schon immer gefragt, warum die menschlichen Bewohner Beaulieus alle gleichzeitig ihre Rasenmäher und Motorsensen aus dem Schuppen holten. Heute war wieder so ein Tag. Der Rasen neben dem Pétanque-Platz wurde gemäht. Im Kindergarten stutzte jemand mit einer Motorsäge die Ligusterhecke, während im Gebäude selbst ein Staubsauger dröhnte. Es war ein wüstes Brausen und Tosen und Lärmen – es war nicht auszuhalten.

Filou floh so schnell er konnte. Nach Hause, in seine Oase der Ruhe, in sein Paradies hinter der Steinlorbeerhecke! Hier herrschte Stille. Henri saß am Schreibtisch und schrieb. Isabelle war nicht da, sie arbeitete sicher im Bistrot. Josephine empfing ihn schnurrend im kühlen Schatten der Terrasse, während Felix sich im Garten mit den Schmetterlingen und den Hummeln die Zeit vertrieb. Seltsam – obwohl der Kleine ein gewiefter Mauser war, spielte er mit den fliegenden Kreaturen ganz genauso, wie es Filou einst getan hatte: Er sprang und haschte nach ihnen, ohne sie zu fangen oder auch nur zu berühren.

Leise, um Felix nicht zu stören, schlich sich Filou zum Beet mit der Katzenminze. Nach den Aufregungen des Vormittags brauchte er ein paar gute Gefühle. Die Katzenminze lockte schon von Weitem mit ihrem aufreizenden Duft. Er steckte die Nase tief hinein in die Staudenbüschel, rieb seine Wangen an Blättern und Blüten, sog das Aroma mit einem Entzücken ein, als ob es der Geruch von frisch gedünstetem Fisch wäre. Bald wurde ihm leicht zumute, immer leichter, leichtsinnig. Alles wurde gut, ganz bestimmt. Und wenn nicht, war es auch egal. In einem Anfall von jungkaterhaftem Übermut warf er sich über das Kraut und wälzte sich so lange darin, bis sein Pelz durchdrungen war vom Duft der Droge.

Angenehm benebelt lief er zu seinem Lieblingsplatz unter dem Mimosenbaum und bettete sich auf den noch immer mimosig riechenden Teppich aus trockenen gelben Blüten. Heute war ein guter Tag zum Nachdenken. Über das Leben. Über die Liebe. Über die Freundschaft … Ein tiefer Atemzug, die Nase im nach Katzenminze duftenden Fell vergraben, und schon war er eingeschlafen.

Im Traum begegnete er Marla, so wie er sie das erste Mal erlebt hatte – im Zaubergarten. Im Paradies. Genau hier, wo er jetzt lag, unter dem Mimosenbaum, hatte er an einem frühen Morgen eine feine, helle Stimme gehört, die geheimnisvolle Worte sang, von denen er heute wusste, dass sie die blühenden Büsche, Sträucher und Kräuter bezeichneten, die ihn umgaben. *Lavandula angustifolia. Nepeta cataria.* Und als er die Augen öffnete, hatte er in braune Augen unter hellen Wimpern gesehen, in ein herzförmiges Gesicht, umrahmt von weißblondem Haar. Das war Maria Lara, die sich Marla nannte. Das war der Beginn einer glücklichen Zeit. Und nun sollte sie zurückkehren – das Mädchen und die Zeit des Glücks.

Von nun an würden alle glücklich sein. Die Katzen Beaulieus. Fidel mit Agathe. Ja sogar Henri mit Céline – im Traum erlaubte Filou es sich, großzügig zu sein. Marlas Mutter würde zwar in Paris bleiben, aber dafür wären Frederick und Marla in ihrer alten Heimat umso glücklicher. Hercule wäre der weise Sheriff unter den Katzen Beaulieus, Filou sein Partner. Der Metzger erwiese sich als großzügig, und jeden Mittwoch gäbe es Fisch auf dem Markt, für alle Katzen. Ja, so würde es sein. Alles, alles musste gut werden.

Stunden später brach der Krieg aus. Schlagartig begriff er, dass alles nur geträumt war. Die Wirklichkeit sah anders aus. Alles Glück und alle Gewissheiten versanken in einer Woge von Staub, Dreck und Krach. Filou saß mit gesträubtem Fell unter seinem Lieblingsbaum und sah dem Grauen zu.

Er war eingekreist. Von allen Seiten stürzten Lärm und Gerüche auf ihn ein. Überall wurde gehämmert und gesägt, gebohrt und gefräst. Und überall sah man fremde Menschen. Vor der Tür des Anbaus türmten sich kaputte Stühle und feuchte Matratzen. Und Isabelle, seine schöne Isabo mit den weichen Händen, stieg in einem schmutzigen Overall und mit groben Handschuhen an den Händen aus dem Keller und türmte immer mehr von dem Unrat auf den Haufen.

Filous Herz klopfte wie rasend. War man denn nirgendwo sicher? Gab es denn niemanden mehr, dem man trauen konnte? Auch du, mein Freund, dachte er beim Anblick von Henri, der in knisterndes Plastik gehüllt um die Ecke bog, in der einen Hand einen tropfenden Pinsel, in der anderen einen großen Blecheimer, aus dem es nach Farbe roch.

Mit einem Schrei, gespeist aus hilfloser Wut und rechtschaffener Empörung, flüchtete Filou ins Haus. Wenigstens dort war es halbwegs auszuhalten, ein mitfühlender Mensch hatte die Fenster geschlossen. Filou verkroch sich unter das Sofa neben dem Klavier und versuchte, in seine Traumwelt zurückzukehren.

Die Ruhe währte nicht lange. Schon nach kurzer Zeit klingelte es, und Henris schlechtester Schüler trat herein, ein pickeliger Vierzehnjähriger. Nun war Henri zwar nicht mehr in Plastik gehüllt, aber dafür ließ er den Jungen mit unmenschlicher Geduld seine Violine malträtieren. Man hörte das infernalische Gewimmer noch oben, im Schlafzimmer, in das sich Filou flüchtete, wo schon Josephine und Felix stumm und starr auf dem Bett hockten, die Augen geschlossen, die Ohren angelegt, und geduldig darauf hofften, dass der Schmerz bald vorüberging.

Aber Filous Geduld reichte nicht bis zum Ende der Musikstunde. Wütend raste er wieder hinunter. Nur hinaus aus dem Haus, fort von all dem Lärm und dem Chaos! Kein anständiger Kater mochte Unruhe und Unordnung. Kein Wesen von Verstand liebte Veränderung. Ein neues Kleidungsstück, das Henri oder Isabo trugen – eine Zumutung. Ein neues Möbel – eine unerträgliche Abweichung von der Ordnung. Es kostete Zeit und Energie, die Dinge wieder ins Lot zu bringen. Zuletzt hatte er gemeinsam mit Felix einen neuen Korbsessel wohnungstauglich gemacht, er musste gründlich zerkratzt und markiert werden, damit er passte. Gedankt wurde es ihnen nicht.

Nein, Veränderungen waren selten gut, überhaupt hatte er in den letzten Tagen genug davon genossen. Sicher, die Verhältnisse konnten sich auch zum Guten wenden, wenn er an den Kampf gegen Marcel, Diabolo und Garibaldi dachte. Ja, es war richtig, dass die drei schwarzen Bosse verschwunden waren. Und doch …

Und doch überfielen ihn manchmal Zweifel. Hatten nicht auch die drei Tyrannen Beaulieus Ordnung garantiert, das Leben überschaubar gemacht, dem Alltag eine Struktur gegeben? Mit einem Mal fühlte er sich wie auf schwankendem Boden. Denn was würde jetzt geschehen? Würde die Welt in blutigem Chaos untergehen? Ja, waren Krach und Unordnung womöglich ein Zeichen dafür, dass die Götter sich rächten für ihren Eingriff in die hergebrachte Ordnung, den Hercule und er gewagt hatten?

Nichts war vorherzusehen, und das machte ihn halb wahnsinnig.

Er lief und lief, bis er endlich am vertrauten Ort angelangt war, dort, wo Fidel jeden Morgen auf ihn wartete. Natürlich waren weder Fidel noch Herrchen da, es war ja schon längst Nachmittag. Doch auch unter den Sonnenschirmen vor dem Café saß niemand. Und jetzt fiel ihm auf, dass ihm keine Menschenseele begegnet war auf dem Weg hierhin. Hatte die Welt sich mit einem Schlag verändert? Waren alle Menschen, alle Tiere ausgestorben? War er der einzige Überlebende?

Mit einem Jammerlaut machte Filou sich auf den Rückweg. Und dort erwartete ihn ein Wunder. Zu Hause war mit einem Mal alles wieder ruhig. Sicher, im Garten roch es nach Staub, feuchten Möbelstücken, vermoderten Matratzen. Aber niemand war zu sehen, keine fremden Menschen störten. Doch es fehlte auch jede Spur von Henri und Isabelle. Ihm wurde eiskalt vor Schreck. Er lief ins Haus, die Treppe hoch, ins Schlafzimmer. Auch hier war keine Seele, kein Mensch, kein Tier. Hatte der Albtraum sich erfüllt?

Filou stand wie gelähmt mitten im Raum. Und dann geschah es. Irgendetwas platzte auf, vielleicht das innere Band, das ihn zusammengehalten hatte? Egal. Es kam über ihn wie ein Blutrausch: Ein Kater sieht rot.

Mit einem einzigen Krallenhieb fegte er die Lampe vom Nachttisch. Mit einem gewaltigen Satz sprang er über die Scherben hinweg ins benachbarte Bad. Er riss die Handtücher von der Stange. Er warf die Porzellankanne mit der Klobürste um. Und dann jagte er Rolle um Rolle des weißen weichen Toilettenpapiers von hier nach da, bis das Bad mit weißen Fetzen übersät war.

Den gesträubten Busch wie einen Kometenschweif hinter sich gestreckt raste er die Treppe wieder hinunter. Der Himmel war eingestürzt, die Götter waren verschwunden, die Welt war aus dem Lot. Chaos und Inferno! Und in seinem unbändigen Zorn tat er, was er noch nie getan hatte: Er rächte sich an all den Dingen, die zur alten Ordnung gehörten und die sie doch nicht hatten schützen können. Er zerfetzte mit seinen Krallen das Sofa und die Polstersessel. Er warf die Vase mit den Lilien vom Vertiko. Und ganz zum Schluss stürzte er sich auf etwas, von dem er wusste, dass Isabelle es liebte. Es war ein weißes Stück Gewebe, das sie vor einigen Wochen gekauft und stolz vorgezeigt hatte und das jetzt vor dem Fenster zur Terrasse hing, von der Decke bis zum Boden.

Mit einem Hechtsprung enterte er den Vorhang etwa in der Mitte und kletterte mit ausgefahrenen Krallen hoch. Und dann zog er eine Tatze nach der anderen über die zarte Spitze, bis die Fetzen herunterhingen. In den Resten schaukelte er so lange, bis die Gardinenstange aus der Halterung rutschte und er mitsamt der zerfetzten Gardine auf dem Boden landete.

Er befreite sich aus dem Stoff, richtete die Rute auf, und in einem letzten Akt von Abscheu und Verachtung markierte er den ruinierten Vorhang mit einem kräftigen gelben Strahl. Diesen Duft würde niemand vergessen, der ihm seinen Frieden gestohlen hatte.

Mit angelegten Ohren und gebauschtem Schweif verließ er das Haus, um sich an einem Ort zu verkriechen, an dem er ungestört schlafen konnte, bis die Welt wieder so aussah, wie es sich gehörte. Auch wenn er sich bang fragte, ob das jemals der Fall sein würde.

SECHZEHN

Es war still hier oben auf dem Terrassendach, endlich war es still. Nur die Zikaden hatten ihr einschläferndes Dauerkonzert noch nicht eingestellt, obwohl der Tag sich neigte. Filou schlief ermattet ein, bis ihn Stimmen weckten.

»Nett, dass Marcel uns eingeladen hat«, sagte Isabo. Das leise Quietschen sagte ihm, dass sie unter ihm im Schaukelstuhl saß. »Ein Abschiedscocktail für Céline! Das war eine schöne Geste. Wie gut, dass er wieder jemanden hat.«

»Ob man diese Dame jemals wirklich ›hat‹?«, fragte Henri.

»Warum zweifelst du? Sie hat hoch und heilig versprochen wiederzukommen. Avignon ist ja nicht aus der Welt.«

»Und warum muss sie ihr Schoßtier unbedingt in Avignon bespringen lassen?«

Henri mochte Céline offenbar auch nicht. Das war irgendwie beruhigend, dachte Filou, leckte seine Pfote und fuhr sich mit ihr übers Gesicht.

»Na ja – sie braucht einen Rüden mit Stammbaum, wie ihn Agathe ja auch hat, damit das Zuchtergebnis anerkannt wird.«

»Wahrscheinlich werde ich nie verstehen, was so toll ist an rassereinen Möpsen. Katzen sind mir lieber.«

»Mir auch«, erklärte Isabo zärtlich. »Katzen und Kater.«

Filou hörte es rascheln. Und dann kamen die unmissverständlichen Geräusche, die Menschen machen, wenn sie sich küssen.

»Trotzdem«, sagte Henri nach einem tiefen Aufseufzer. »Wenn ihr Fidel nicht gut genug ist, wird es auch Marcel nicht sein.«

»Armer Fidel. Den hab ich heute noch gar nicht gesehen. Wahrscheinlich ist er mit Filou zusammen. Wo sind überhaupt die Tiere?«

»Vielleicht im Schlafzimmer?« Henri, lockend. »Sollen wir mal nachschauen?«

Filou wartete, bis sie gegangen waren, bevor er weiteratmete. Ihm klopfte das Herz. So bald würde er sein Versteck nicht verlassen können, hier oben auf dem Terrassendach, unter den Zweigen des großen Lorbeerbaums. Dabei fühlte er sich gar nicht wohl. Er fühlte etwas, das ihm überhaupt nicht schmeckte. Ein unbekanntes, unangenehmes Gefühl …

Er schämte sich. Und er wartete mit schwärzestem Gewissen auf den Moment, in dem Isabelle und Henri das Massaker entdeckten, das er angerichtet hatte.

Was hatte ihn nur geritten? Der Lärm, die Unordnung, die Angst, den besten Freund an die Liebe zu verlieren? Litt er unter dem, was Henri die Midlife-

Crisis nannte? Oder fehlte ihm eine Aufgabe, wie Fidel vermutet hatte?

Henri und Isabelle gingen die Treppe hoch. Er lauschte angespannt. Nein, sie konnten sein Zerstörungswerk an Isabelles feinem Spitzenvorhang noch nicht gesehen haben, das hätte man gehört. Sie gingen ins Schlafzimmer. Filou hielt die Luft an. Wenn sie die Bescherung im Bad sahen …

Aber er hörte Henri lachen. »Hat doch der kleine Halunke wieder mit der Klo-Rolle gespielt«, sagte er. »Felix! Wo bist du, du Racker?«

»Und schau mal, die Lampe«, sagte Isabo. »Also, das war ja nun nicht gerade nötig.« Doch sie klang nicht wirklich zornig.

»Wolltest du nicht längst eine neue haben?«, fragte Henri zärtlich.

Und dann hörte man das Bett quietschen.

Filou bettete den Kopf auf die Pfoten. Das konnte dauern. Und so war er wieder eingenickt, als ihn der Aufschrei weckte, vor dem er sich gefürchtet hatte. Sein Herz tat einen Sprung.

»Meine Florentiner Spitze!« Isabelle klang fassungslos. »Das gibt's doch nicht!«

»Was um Himmels willen …?«

»Schau dir das an! Der Vorhang! Völlig zerfetzt!« Sie klang, als ob sie gleich weinen würde.

Nimm sie in den Arm, Henri, dachte Filou. Tröste sie.

»Da war jemand mit sehr scharfen Krallen zugange«, kam nach einer Weile Henris ruhige Stimme. »Und es riecht verdammt nach Kater.«

»Unsere Katzen würden so etwas niemals tun!«

Danke, Isabo, bemerkte Filou im Stillen. Aber du irrst dich.

»Wo sind sie überhaupt? Filou! Felix! Josephine!«

»Es muss ein fremdes Tier durch die Katzenklappe gekommen sein. Ein Streuner. Ich habe kürzlich beim Café de la Paix einen ungewöhnlich großen grauen Kater gesehen.«

»Ein fremdes Vieh? Und wenn es unsere Tiere verjagt hat?«

Filous Herz schmerzte vor lauter Schuldgefühlen. Sie nahmen ihn auch noch in Schutz! Seine Scham kannte keine Grenzen mehr. Mit eingekniffenem Schwanz kletterte er vom Dach herunter, schlich durch den Garten und drückte sich durch die Hecke nach draußen.

Er musste fort. Aber wohin? Traurig lief er durchs Dorf und kletterte hinter den Gemüsegärten hoch auf den Roche du Diable.

Hier wehte ein scharfer Nordwind. Das kündigte einen Wetterumschwung an. Nordwind blies die Wolken fort und den Himmel frei, aber der eisige Tramontane ging unter die Haut. Geschieht dir recht, dachte Filou, vielleicht bläst dir das ja endlich auch den Kopf frei. Er kletterte bis zur Felsnase, legte sich auf den Bauch und schaute zu, wie die Fledermäuse vor der schmalen Mondsichel tanzten. Der Mond schien davonzurasen, und bald versank er hinterm Horizont. Die Nacht war kalt und feucht. Filou verkroch sich unter einen stachelnden Wacholderstrauch, der wenig Schutz bot. Er fror. Das war die gerechte Strafe.

SIEBZEHN

Er erwachte mit der ersten Sonne und machte sich viel zu früh auf den Weg zu seinem Rendezvous mit Fidel. Aber anstelle des Mopses erwartete ihn Fidels Herrchen auf dem Platz vor dem Obelisken. Marcel Toufache roch, als wäre er soeben aus dem Bett gekrochen. Und unrasiert war er auch. Und was das Seltsamste war: Er gab schnalzende Geräusche von sich und hielt ihm die Hand hin.

Was sollte das? Dennoch beschnupperte Filou ihn höflich.

»Mein roter Freund«, sagte Herrchen leise. »Ich wünschte, du könntest mir helfen. Fidel ist fort!«

Filou erstarrte.

»Weißt du, wo er ist? Kannst du mich zu ihm bringen? Er muss sich irgendwo verkrochen haben. Er hat sich in eine schwarze Mopsdame verliebt, weißt du. Und die ist fort, mitsamt ihrem Frauchen. Wenn ihm das Herz so wehtut wie mir …« Herrchen schluckte. »Dass er mir nur nicht vor Kummer stirbt!«

Filou verstand gar nichts. Es war doch alles gut gewesen, als er Agathe und Fidel unterm Rosmarinbusch zurückgelassen hatte. Das war ein Happyend gewesen und kein Grund für Kummer! Wieso nur sollte sich

Fidel verkriechen? Es musste eine andere Erklärung geben.

Ein Unfall? Ein Auto? Hatte ihn eine Touristin mitgenommen? Solche Möglichkeiten waren eigentlich auszuschließen, dafür war der Mops entweder zu vorsichtig oder zu faul. Andererseits konnte ihn nur etwas wirklich Existenzielles vom tugendhaften Weg der Treue zu Herrchen abgebracht haben.

Genau, dachte Filou. Nur die Liebe konnte einem so behäbigen Tier wie dem Mops Flügel verleihen. Vielleicht hatte er sich endlich aufgerafft und etwas Mutiges getan. Ja, das musste es sein: Fidel hatte sich auf den Weg gemacht, seiner Liebsten hinterher. Er war unterwegs nach Avignon.

Filou rieb seinen Kopf an Herrchens Hand. »Ich finde ihn schon«, sollte das heißen. Dann lief er davon.

Es war einfach großartig, unterwegs zu sein. Filou hatte nicht den blassesten Schimmer, wo Avignon lag, er wusste nur, dass es irgendwo weiter südlich war und dass die Fahrtzeit mit einem Auto etwa eine Stunde betrug. Aber das war erst einmal nicht wichtig: Es gab nur eine einzige Straße, die aus Beaulieu hinausführte, man konnte also gar nicht in die falsche Richtung gehen. Und obzwar Fidel einen ordentlichen Vorsprung hatte, zweifelte Filou nicht daran, dass er ihn bald würde einholen können. Die Kondition des Dicken hätte sich in den letzten Tagen vervielfachen müssen, damit

er schneller wäre als ein durchtrainierter Kampfkater. Filou reckte sich. Der Mops würde alle naselang ein Päuschen einlegen, man konnte ihn gar nicht verfehlen.

Es war einer dieser Frühsommertage, wie er sie liebte. Noch war der Morgen frisch, und eine leichte Brise strich ihm durch den Pelz. Die Blätter an den Straßenbäumen trugen strahlend junges Grün, obwohl sie bereits so groß waren, dass sie Schatten spendeten. Überall plärrten die Vögel, die einen bejubelten das Leben, die anderen schnarrten ungehalten, wenn sie Filou erblickten, er gehörte schließlich zu ihren Erzfeinden. Früher hatte er versucht, den Vögeln zu erklären, dass er ihnen nichts Böses wolle und völlig harmlos sei, aber das hatte er schon lange aufgegeben. Insbesondere Amseln waren halsstarrig und trennten sich nur ungern von einmal gefassten Meinungen. Das war irgendwie menschlich.

Die Obstbäume waren bereits verblüht, aber die Blütentrauben der Robinien begannen jetzt, ihren schweren Duft zu verströmen. Noch war das Gras nicht gemäht, auf den Wiesen standen gelbe und blaue Blütendolden, und die Bienen waren geschäftig unterwegs. Fast vergaß Filou die Schmach, die er sich mit seinem unbedachten Wutanfall selbst angetan hatte.

Fidel hatte recht: Ein Kater wie er brauchte eine Aufgabe, sonst bekam er schlechte Laune. Und die aktuelle Aufgabe bestand darin, den Freund nicht alleinzulassen, den die Liebe auf den abenteuerlichen Weg nach Avignon geführt hatte. Denn dessen war er sich mittlerweile sicher: Fidel war auf Pilgerreise.

Man erzählte sich viel von den Fähigkeiten der Hunde. Als Spurenleser hatten sie einen sagenhaften Ruf. Demzufolge war selbst ein Mops mit seiner eingedrückten Nase in der Lage, die Spur seiner Liebsten aufzunehmen, auch wenn sie nur im offenen Kabrio hier vorbeigefahren war. Filou hielt das zwar für unwahrscheinlich. Aber machte nicht gerade das Unwahrscheinliche den Reiz des Lebens aus? Nach Avignon also!

Er hielt sich an den Seitenstreifen, auf dem das Gras und die Wildblumen in die Höhe geschossen waren, sodass man ihn von der Straße aus nicht sah. Es gab Leute, die es für Streunerei hielten, wenn Katzen ihren Aufgaben nachgingen, und glaubten, sich einmischen zu müssen. Das wollte er nicht riskieren. Autos waren das geringste Problem, die meisten fuhren schnell vorbei. Gefährlicher waren trödelnde Touristen, die in die Landschaft guckten, statt Gas zu geben. Auch Radfahrer konnten unangenehm neugierig sein. Jogger durfte man getrost ignorieren, die waren zu sehr mit sich beschäftigt, um auf andere Lebewesen zu achten.

Filou genoss die sanfte Massage der Grashalme, Kräuter und blühenden Pflanzen, spürte die weiche, warme und ein wenig feuchte Erde unter seinen Pfoten, horchte auf das Sirren und Zirpen der Insekten um ihn herum. Seine Nase analysierte alle Gerüche, die auf ihn einströmten. Hier der scharfe Gestank einer Fuchslosung, dort der Modergeruch einer platt gefahrenen Krötenleiche, dazwischen der stechende Duft von Minze, vermischt mit Kamille. Über die Steinmauern, die hier und da die Felder zur Straße hin begrenzten, huschten wispernde Eidechsen.

Sein Gehirn ordnete alle Sinneseindrücke zu einem Bild der Welt, in der mit einem Mal alles wieder seine Ordnung hatte. Endlich atmete er wieder ruhig. Ging alles gut, war er zurück, wenn Marla nach Hause zurückkehrte. Kam es, wie es kommen musste, waren Fidel und Agathe glücklich vereint. Und Marcel Toufache mit seiner Madame Céline, sofern sich das nicht vermeiden ließ. Und vielleicht, vielleicht verzieh ihm sogar Isabo. Er hoffte das inständig.

Ganz allmählich nahm die Landschaft rechts und links der Straße andere Farben und Formen an. Aus Wiesenrain wurde Bürgersteig, aus Weiden Industriegebiet. Mit angelegten Ohren galoppierte Filou an einer Baracke vorbei, aus der man das Kreischen einer Säge hörte. Es roch nach Harz und Holz. Auf den Holzhandel folgten ein Supermarkt und eine Tankstelle. Und dann traf die Straße auf einen Verkehrskreisel.

Filou schaute sich unschlüssig um. Wo ging es nach Avignon? Rechts lang? Geradeaus, wo jetzt die Sonne stand? Und vor allem: Welchen Weg hatte Fidel gewählt?

Ein Traktor tuckerte über den Kreisel, er hatte Grünschnitt geladen. Filous Nase juckte. Der Mann auf dem Trecker nahm die dritte Ausfahrt. Drei Radfahrer preschten vorbei, eine Fahne von Schweiß und Sonnenöl hinter sich herschleppend. Sie nahmen die zweite Ausfahrt. Ein flaches rotes Auto fuhr in den Kreisel hinein, ein Kabrio mit offenem Verdeck. Der Fahrer trug eine Lederkappe auf dem Kopf und einen Schal um den Hals. Er nahm die erste Ausfahrt. Damit war die Sache entschieden. Filou folgte der Straße nach rechts.

Eigentlich war es nicht seine Art, stumpfsinnig einem Asphaltband zu folgen. Katzen liefen querfeldein, der Himmelsrichtung nach, so wie alle vernünftigen Wesen, ein Prinzip, an das sich menschengemachte Wege selten hielten. Ein so wenig risikofreudiger Hund wie Fidel aber würde sich nie freiwillig in unkalkulierbare Abenteuer stürzen. Wenn dies die Straße nach Avignon war, hatte er sie genommen. Und außerdem war da ja vielleicht noch ein Spürchen vom Duft der Geliebten in der Luft gewesen.

Die Strecke wurde eintönig, es gab keine Bäume mehr am Straßenrand, die Autos fuhren zu schnell, und die toten Igel, Wiesel, Marder, Kröten und Krähen am Wegesrand zeugten davon, dass es gefährlich war, sich hier länger als nötig aufzuhalten. Bald verflog seine gute Laune. Was, wenn er in die falsche Richtung liefe? Wenn er die ganze lange öde Strecke wieder zurücklaufen müsste? Was, wenn ihm plötzlich die zuschanden gefahrene Leiche seines Freundes begegnete? Was, wenn Fidel sich doch nicht auf den Weg gemacht hatte, längst wieder bei Herrchen war und einen wohlgefüllten Fressnapf leerputzte?

Kein Haus, kein Baum, kein Strauch säumte seinen Weg, und die Mittagssonne brannte. Endlich sah Filou in der Ferne eine Baumgruppe, unter der eine Hütte zu stehen schien. Ihm war nach einem Mittagsschläfchen, und das schien ein passender Ort zu sein, deshalb trabte er schneller.

Die Hütte entpuppte sich als ein Dach mit zwei Seitenwänden, unter dem eine Bank stand, auf dem jemand saß. Ein Kind? Das wäre unangenehm. Kinder pflegten gänzlich ohne Rücksicht nach Katzen zu greifen, egal, wo sie mit ihren unsensiblen Fingerchen hingrabschten. Und manche würden Katzen am liebsten quälen, wie Manon und Maxim, die Zwillinge von Madame Le Pin aus der Ruelle des Camisards.

Filou schlich sich heran. Das, was da auf der Bank saß, die weißen Pfötchen sittsam gefaltet, war kein Kind. Es war …

ACHTZEHN

Filou duckte sich, spannte die Muskeln, sprang und landete geräuschlos und elegant an Fidels Seite. Der Mops japste erschrocken auf.

»Aufgewacht! Du würdest es noch nicht einmal merken, wenn ein Säbelzahntiger dich vernaschen wollte, Alter!«

»Ausgestorbene erkenne ich sofort an ihrem üblen Atem«, konterte Fidel. »Was willst du hier?«

»Das frag ich dich. Was sitzt du hier herum?«

»Ich warte«, erwiderte Fidel würdevoll.

»Auf ein Wunder? Ich dachte, du wolltest nach Avignon?«

»Richtig, du Klugscheißer. Aber wenn ich zu Fuß nach Avignon gehen wollte, wäre ich in zwei Monaten noch nicht da. Ich nehme den Bus.«

Den Bus. Das war nun keine ganz dumme Idee.

»Und im Übrigen warte ich auf deine Antwort. Was zum Teufel machst du hier?«

»Na, was wohl? Ich habe nach dir gesucht. Hättest du nicht mal was sagen können, bevor du dich klammheimlich davonmachst?«

Der Mops drehte den Kopf weg. »Du hättest ja nur versucht, mich davon abzuhalten.«

»Wahrscheinlich. Einer Dame hinterherzulaufen ist eine ziemliche Schnapsidee.«

»Ich laufe nicht, wie du siehst.«

»Stimmt. Man könnte glauben, sie hätte dich sitzen gelassen.«

»Lass deine dummen Scherze!«, murrte der Mops. »Ich bewahre eben auch in Gefühlsdingen einen kühlen Kopf. Der Bus garantiert, dass ich nicht völlig erschöpft bei ihr eintreffe. Hechelnd würde ich gewiss keinen guten Eindruck machen.«

»Fragt sich nur, wann der Bus kommt. Vom Warten wird man auch nicht schöner.«

»Er kommt schon noch.«

»Und du glaubst, die nehmen dich mit?«

»Mich schon. Aber dich?«

Das war in der Tat die Frage. Doch es lohnte nicht mehr, sich darüber groß Gedanken zu machen, denn in der Ferne sah man den Bus.

Es roch nach Gummi und heißen Bremsen, als der Wagen endlich hielt. Obwohl weit und breit kein Haus zu sehen war, stiegen drei Schulkinder, ein alter Mann und zwei schwatzende Weiber aus. Mit einer Behendigkeit, die Filou ihm gar nicht zugetraut hatte, schlängelte sich Fidel durch die Beine der Aussteigenden hindurch und sprang die Stufen hoch ins Wageninnere. Filou huschte hinterher.

»Ja, wer bist denn du? Wo ist denn dein Herrchen?«, fragte eine Frauenstimme und beugte sich hinunter zu

Fidel. Der leckte der Frau freundlich die Hand, wackelte mit dem Ringelschwanz und lief zu einem kleinen Mädchen mit Rucksack und Zöpfchen, das ihn anstrahlte und andächtig streichelte. »Pass schön auf deinen Hund auf«, sagte die Frau und hob mahnend den Zeigefinger. Das Mädchen lächelte und nickte.

Gute Strategie, dachte Fidel und schlich durch den Gang. Ich suche mir ein Frauchen, und dann …

»Was macht denn das rote Vieh hier? Raus damit!«, polterte es hinter ihm. Der Alte hatte eine blaue Jacke an, wie sie die Bauern tragen, und eine Baskenmütze auf dem nackten Schädel. Er hob drohend die knochige Hand.

Im Nu herrschte Aufruhr im Bus. Männer stellten sich breitbeinig in den Gang, um »das Vieh« zu fangen, Frauen kletterten über die Sitze, um die Männer daran zu hindern. Filou lief vor und wieder zurück, tauchte unter schwieligen Händen hinweg, kroch in wachsender Panik unter eine Bank, wo man nach ihm trat. Als er in die hinterste Reihe geflohen war, zwischen einem Paar Käsefüßen in Sandalen und einem in Turnschuhen hindurch, öffnete sich plötzlich vor ihm ein Einkaufskorb.

»Rein mit dir«, flüsterte eine Stimme. War das eine Falle? Sein Herz klopfte wie rasend. Aber er hatte keine Zeit, darüber nachzudenken. Und so sprang er hinein. Er landete zwischen einem Bund Möhren, zwei Salatgurken, drei roten Paprika und einem feuchten Salatkopf, der sich wundersam erhob und dann schützend über ihn legte.

»Ruhe bitte!«, rief es aus einem Lautsprecher. »Wenn Sie sich nicht alle setzen, fahren wir nicht weiter!«

Das wirkte. Die Menschenmeute stellte die Jagd auf ihn ein. Filou atmete ruhiger.

»Jetzt nehmen die Leute sogar schon ihre Katzen mit auf Reisen«, moserte jemand in der Reihe davor. »Bei uns sind die zum Mäusefangen da und zu sonst gar nichts.«

Über ihm hörte Filou es leise kichern. Eine Hand glitt in den Korb und streichelte ihm den Kopf. Er begann zu schnurren.

Zweimal hielt der Bus mit quietschenden Bremsen. Menschen stiegen aus, andere stiegen zu, dann setzte er sich schaukelnd wieder in Bewegung. Beim dritten Mal gab es Bewegung über ihm, der Korb wurde hochgehoben.

»Ich muss hier raus«, flüsterte die Stimme. »Kommst du mit?«

Was blieb ihm anderes übrig? Er war gefangen. Er musste mit. Ohne Fidel. Der Korb schaukelte durch den Gang, die Bustür hatte sich bereits geöffnet, er spürte frische Luft. Die Frau, die ihn trug, begann auszusteigen. Wie konnte er Fidel Bescheid sagen? In seiner Verzweiflung stieß er einen jener Schreie aus, die nur ein zu allem entschlossener Kater zustande bringt.

Erschrocken ließ die Frau den Korb fallen, blitzschnell sprang Filou hinaus – und atemlos hechtete Fidel ihm hinterher.

Als die Türen des Busses sich schlossen und Filous Retterin ihre Einkäufe wieder eingesammelt hatte, waren beide längst über alle Berge.

»Na wunderbar«, schnaufte der Mops, als sie endlich anhielten und nach Luft schnappten. »Das hast du großartig gemacht. Jetzt müssen wir warten, bis der nächste Bus kommt.«

In weitem Bogen wanderten sie zur Straße zurück und folgten ihr, bis sie endlich auf ein Wartehäuschen trafen. Dort setzten sie sich einträchtig auf die Bank, ein weißer Mops und ein roter Kater, und warteten. Es passierte nicht viel. Autos fuhren vorbei, Lastwagen, ein Traktor, zwei Radfahrer. Niemand beachtete sie.

Bis ein veilchenblau gestrichener, kurzatmig tuckernder Wagen mit offenem Verdeck anhielt.

NEUNZEHN

»Sieh mal! Die beiden, wie sie da sitzen, als ob sie auf den Bus warten! Ist das nicht niedlich?« Eine junge Frau mit leuchtend roten Haaren lehnte aus dem Fenster.

»Allez hopp!«, rief der junge Mann am Steuer. Er hatte dunkle Locken, trug die Haare aber fast so lang wie die Frau. »Wollt ihr mitkommen?«

Nur wenn ihr auch nach Avignon fahrt, dachte Filou, aber Fidel war schon von der Bank gesprungen und wackelte mit kreisendem Ringelschwanz auf das Auto zu.

»Nein, sind die süß!« Die Fee mit den roten Haaren öffnete die Tür. Fidel sprang hinein und, ob er wollte oder nicht: Filou musste folgen.

Sie machten es sich auf der Rückbank gemütlich und warteten darauf, dass es weiterging. Doch der Fahrer zögerte plötzlich. »Bist du sicher, dass das richtig ist, Amelie? Vielleicht warten die beiden ja nur auf Herrchen oder Frauchen, die mit dem Bus kommen, und wenn wir sie mitnehmen, verpassen sie sich.«

»Ach was, sieh doch, wie wohl sie sich fühlen!« Amelie drehte sich nach hinten um und tätschelte Fidels Flanke. Der Mops hatte sich mit sittsam gekreuzten Pfoten hingesetzt und schien darauf zu warten, dass sein Chauffeur endlich Gas gab. »Sie wollen doch mit uns mitfahren!«

»Na schön, aber nur bis zur nächsten Bushaltestelle.«

»Wie du meinst«, sagte Amelie fröhlich und kraulte Filou dort, wo er es am meisten mochte.

Sie ließ ihre rote Mähne im Fahrtwind flattern, und Pierre, wie sie den Fahrer nannte, stellte das Autoradio auf volle Lautstärke. Bei einem der Lieder sangen sie mit: Es ging um Wind und Meer und Freiheit, soweit Filou das verstand. Mit dem Meer kannte er sich nicht aus. Alles andere fand seine Zustimmung.

»Ein ziemlich bescheuertes Lied«, kommentierte Fidel neben ihm. »Da schickt jemand sein Herz auf Urlaub – das ist ja wohl ein Ding der Unmöglichkeit, oder?«

»Ich glaube, du musst das eher philosophisch sehen. Mir gefällt's.« Filou gähnte und streckte sich. Wie weit es wohl bis zur nächsten Bushaltestelle war?

Pierre und Amelie sangen und redeten und lachten – und ihm wurde schläfrig. Kaum begann er zu träumen, schlich sich ein Geruch in seine Nase. Und plötzlich war er wieder hellwach. Er reckte den Kopf und prüfte die Luft. Der warme Duft, der zu ihnen nach hinten strömte, war ihm fremd und vertraut zugleich. Über Amelies rotem Schopf kringelten sich Rauchwolken. Das war offenbar die Quelle des olfaktorischen Reizes. Aber nach einer Zigarette roch das nicht. Was war es dann?

»Willst du das Pfeifchen etwa alleine rauchen?«, rief Pierre und streckte die Hand aus. Amelie reichte ihm das kleine weiße Ding, dem der Duft entströmte. Filou hob die Nase und schnupperte. Der Geruch machte ihn schwindelig. Wuschig, irgendwie. Und als Pierre und Amelie noch mehr lachten, hätte er am liebsten mitgelacht.

Fidel neben ihm hatte ebenfalls die Schnauze gehoben und schnüffelte. »Cannabis«, sagte er. »Das ist Rauschgift. Herrchen hat seinen Neffen mal dabei erwischt. Das war vielleicht ein Theater!«

Filou antwortete nicht. Wenn das Rauschgift ist, bin ich dafür, dachte er.

Nach einer Weile sagte Fidel, mit ganz kleiner Stimme: »Ich habe so ein Gelüst.«

Ein Gelüst? Filou verspürte einen enormen Appetit. Auf leicht angedünstete Geflügelleber etwa. Oder sautierten Seelachs.

»Ich könnte eine ganze Portion Bœuf bourguignon verschlingen«, flüsterte Fidel.

»Und ein Schüsselchen Joghurt zum Nachtisch«, schnurrte Filou.

»Mir wird ganz schwach zumute.«

Und schon stieg ein anderer köstlicher Duft durch die Luft und zwirbelte sich in ihre Nüstern. Beide Tiere setzten sich auf.

Die rote Fee drehte sich zu ihnen um. »Habt ihr Süßen denn gar keinen Hunger?« Sie hielt ein Baguette in der Hand, aus dem rechts und links dicke Schinkenscheiben herauslappten. Filou konnte nicht anders, er reckte sich dem verlockenden Duft entgegen und streckte die Pfote aus.

»Na, wusste ich's doch!« Amelie lachte, riss kleine Stücke von ihrem Schinkenbrot ab und reichte sie nach hinten.

»Lass was übrig für mich«, rief Pierre.

»Vielleicht!« Amelie ließ sich von Filou und Fidel die Häppchen vom Handteller lecken. Endlich war sogar Fidel satt und sank zurück in die Polster.

»Das beste Taxi, in dem ich je gesessen habe«, flüsterte er.

Unter den Gesängen von Pierre und Amelie schlummerten sie ein.

»Endstation!« Viel zu früh weckte sie Pierre, der an einer Haltebucht gebremst hatte und mit laufendem Motor wartete. Amelie öffnete die Tür. Unwillig erhoben sich Kater und Mops und sprangen aus dem Auto.

Pierre gab Gas. Tuckernd fuhr das Auto an. Amelie hielt die Hand aus dem Fenster und winkte noch lange.

»Ich mochte sie«, sagte Filou.

»Und sie hatten feinen Stoff«, meinte Fidel und leckte sich die Lefzen.

ZWANZIG

Wieder kletterten sie auf eine harte Holzbank und warteten. Filou erklärte, er wolle die Zeit nutzen, um ein wenig zu meditieren. Er legte den Kopf auf die Pfoten und schloss die Augen. Doch er hatte keine Chance. Fidel störte. Der Mops schien urplötzlich unter einem Anfall von Redefluss zu leiden. Das war schlimm genug. Noch schlimmer war, dass er nur Variationen eines einzigen Themas im Repertoire hatte. Und das Thema hieß Agathe.

Fidel, sonst ein Ausbund an zurückhaltender Weisheit, schwärmte. Von Agathes großen feuchten Augen, von ihrem glatten Fell, von ihrer liebreizenden Intelligenz – oder war es ihr intelligenter Liebreiz? Egal. Filou gelang es nicht, das Geschnatter auszublenden. Das Einzige, was ihn ansatzweise interessierte, traute er sich nicht zu fragen: Ob es zum Äußersten gekommen war zu Hause in Beaulieu unter dem Rosmarinbusch. Fidel wäre sich gewiss zu fein für eine Antwort.

Als der Mops zum dritten Mal Agathes zierliche Gestalt und ihre schlanke Nase rühmte, kapitulierte Filou und setzte sich auf. »Wenn wir noch lange hier herumsitzen, siehst du sie nie wieder. Also gehen wir.«

»Aber – dann verpassen wir den Bus.«

»Den haben wir schon verpasst!«

»Aber es kommt doch sicher bald der nächste!«

»Weiß man's? Hast du vielleicht den Fahrplan gelesen?«

»Nein, natürlich nicht, aber ...«

»Schluss mit der Debatte. Ein bisschen Bewegung tut uns beiden gut.«

»Sicher. Bitte. Nur zu. Du kannst gern zehnmal um die Haltestelle laufen, wenn es dir dann besser geht«, entgegnete Fidel beleidigt.

Filou fügte sich. Und so saßen sie da und warteten weiter. Bis es dunkel wurde. Bis Fidel Hunger anmeldete. Bis Filou endgültig der Kragen platzte.

»Glaubst du, hier fliegt das Futter nur so herum und sucht den kürzesten Weg zu deinem gierigen Maul?«, zischte er. »Auf. Wenn das Essen nicht zu uns kommt, müssen wir zum Essen gehen.«

»Und wo hält sich das Essen auf, bitteschön?«

»Das kann man nur herausfinden, indem man nachschaut. Wir fouragieren.«

Das brachte Fidel, der immerhin Anstalten gemacht hatte, sich zu erheben, zum schockstarren Stillstand. »Fourage kommt aus dem Militärischen und heißt ›Futter für die Pferde‹. Ich esse aber kein Gras!«

»Fouragieren heißt in meiner Deutung: ›Wir ernähren uns von dem, was das Land uns bietet.‹ Du wirst staunen, was es da so alles gibt.«

Fidel trödelte unwillig hinter ihm her, aber Filou

hatte nicht die Absicht, Rücksicht zu nehmen. Ein Dorf oder eine Siedlung musste in der Nähe sein, Menschen bauten ihre Haltestellen nicht ins Nirgendwo, das wusste er. Sein Gefühl sagte ihm, dass sie beim nächsten Kreisel rechts abgehen mussten, dorthin, wo der Horizont ein wenig heller war.

»Und wenn uns ein Fuchs begegnet?«

Du Feigling, dachte Filou. »Und wenn uns der Himmel auf den Kopf fällt?«

»Du hast gut lachen, du kannst zur Not auf einen Baum klettern, aber ich …«

»Siehst du irgendwo einen Baum?«

»Nein. Aber einen Telegrafenmast.«

Filou beschloss, den nölenden Fettsack zu ignorieren. Zügig schritt er voran, alle Sinne angespannt. Ein Windhauch und ein Fauchen über ihnen zeigten ihm an, dass eine Schleiereule auf Jagd war. Die war gefährlicher als ein Fuchs, aber das wollte er Fidel nicht auf die Nase binden, der ihm schwer atmend folgte.

Die Straße führte über eine Anhöhe. Als sie oben angelangt waren, sah man die Lichter eines Dorfes.

»Meinst du, wir finden jemand, der uns eine Dose öffnet?«, fragte Fidel mit Hoffnung in der Stimme.

Filou hätte fast gelacht. »Mops, der du die Weisheit mit Löffeln gefressen zu haben meinst: Glaubst du ernstlich, alles Essbare werde in einer Dose geliefert und von einem dich liebenden Herrchen fressfertig in den Napf geschaufelt? Wir sind hier auf Steinzeitdiät, verstehst du?« Er musste ja nicht dazusagen, dass auch er hoffte, dass das jagdbare Wild bereits tot wäre, wenn es ihnen vor die Schnauze käme.

»Dort vorne, vor dem Haus mit den geschlossenen Fensterläden, steht eine Mülltonne! Menschen werfen vieles weg, was noch ausgezeichnet schmeckt. Lass uns den Müll mal sortieren.«

Fidels Augen nahmen einen gewissen Glanz an.

Sie pirschten sich heran. Filou sprang mit einem Satz auf die Tonne und versuchte, den Deckel hochzuheben.

»Ist vielleicht nicht so geschickt, sich auf den Deckel draufzusetzen, wenn man ihn heben will, oder?«, fragte Fidel spitz.

»Stimmt.« Filou sprang herunter. »Jetzt du.«

Fidel sah erst ihn an, dann die Mülltonne. Er kratzte sich hinter dem Ohr. »Vielleicht – wenn wir das Ding umrennen?«

Filou hatte seine Zweifel. Aber bitte. »Auf drei«, zischte er.

Beide sprangen die grüne Plastiktonne zugleich an. Das Ding rührte sich nicht einen Millimeter.

»Vergiss es«, knurrte Filou. »Weiter.«

Er erinnerte sich plötzlich an den Abfallbehälter vor der Schule in Beaulieu, dort hatte man immer ein verschmähtes Pausenbrot finden können. »Wir suchen die nächste Schule«, verkündete er.

»Eine Schule? Willst du dich fortbilden? Vielleicht im Fouragieren?«

»Spar dir deinen Sarkasmus, Mops. Ich weiß, was ich tu.«

Das wusste er keineswegs. Nichts, gar nichts wusste er. Er war schon früher nicht sonderlich gut darin gewesen, Futter aufzutreiben, früher, als er noch mit Lucrezia im feuchten Kohlenkeller gehaust hatte. Immer kam er zu spät, immer war eine andere Katze schneller gewesen, wenn es ein Stück Käse oder eine Portion Fisch abzugreifen galt. Und seit er erst von Marla und danach von Isabelle sein Essen serviert bekam, war er gänzlich aus der Übung, was die Selbstversorgung betraf.

Und so jemand schimpft über die verwöhnte Jugend, dachte er zerknirscht.

Sie trabten weiter.

»Ich rieche was«, sagte der Mops und hielt seine nicht vorhandene Nase in die Luft.

»Ich riech nix.«

»Ich rieche …« Fidel sog die Luft vernehmlich ein. »Ich rieche …«

»Na, sag schon.«

»Ich rieche Rin-Tin-Tin-Kennerfleisch.«

»Was bitte?«

Fidel schnüffelte wieder und drehte den Kopf von links nach rechts. »Ganz bestimmt. Ich tippe mal: Huhn und Reis. ›Schmeckt wie frisch gemacht‹.«

Und dann steuerte er ohne Zögern eine Toreinfahrt an, hinter der sich ein dunkler Hof öffnete.

EINUNDZWANZIG

Filou blieb vor dem Tor stehen und beobachtete die Lage. Er schüttelte innerlich den Kopf. Wo es Hundefutter gab, war meistens auch ein Hund. Und Hunde teilten ungern. Hatte Fidel das vergessen?

Vorsichtig lugte er in den Hof. Rechts führte eine Steintreppe hoch zu einem Gebäude, das wie ein Wohnhaus aussah. Geradeaus ging es zu einer Scheune, linker Hand lagen Nebengebäude, wahrscheinlich Ställe. Also ein Bauernhof. Das verbesserte die Lage nicht. Mit den Schoßhündchen, die Touristen bei sich führten, gab es selten Probleme. Die meisten waren feige, und man konnte sie mit ein bisschen Theater wie Grollen und Fauchen in die Flucht schlagen. Die verfetteten Haushunde der alten Frauen von Beaulieu waren erst recht kein Thema. Aber zu einem Ort wie diesem passte ein Kettenhund. Und die waren meistens halb verrückt, also keinem Argument zugänglich und deshalb tödlich.

Flach an den Boden gepresst arbeitete er sich voran. Nach einer Weile hörten seine scharfen Ohren Schmatzen und Schlürfen. Das konnte nur eines bedeuten. Er lugte um die Ecke. Und tatsächlich: Da saß der Mops vor einer riesengroßen Schüssel und schlab-

berte die Reste einer gigantischen Mahlzeit in sich hinein.

»Ich hatte recht!«, rief er mit vollem Maul. »Rin-Tin-Tin-Kennerfleisch! Und es ist sogar noch was für dich übrig.«

Filou spürte plötzlich einen mächtigen Hunger, der ihn alle Bedenken vergessen ließ. Er stürzte vor. Doch kurz bevor er an der Schüssel angelangt war, bremste ihn eine gewaltige Pfote. Wie versteinert blieb er stehen. Die Pfote mit dem zottigen grauen Fell ließ auf ein riesiges Tier schließen. Er blickte auf. Einem so hünenhaften Hund war er noch nie begegnet. Er war höher als der Berner Senner von Monsieur Reynouard, und der war so groß, dass Monsieurs Enkelin auf ihm reiten konnte.

»Ich bin Garou«, grollte der Riese. »Ich bin ein Irischer Wolfshund. Und ich teile gern. Aber nur, wenn man sich ordentlich vorstellt.«

»Garou ist in Ordnung«, nuschelte Fidel mit vollem Mund. »Glaub ich wenigstens.«

Glauben heißt nicht wissen, dachte Filou, aber er beschloss, das Spiel mitzuspielen.

»Ich heiße Filou. Ich stamme aus Beaulieu und bin eine Prominentenmischung.« Ruhig bleiben, sagte er sich. Aber sein Fell sträubte sich ganz ohne sein Dazutun. »Und ich danke dir für die freundliche Einladung.«

Der Riesenhund mit der Riesenpfote fletschte Riesenzähne. »Hallo, Filou. Der Freund meines Freundes ist auch mein Freund. Bedien dich. Ich hab schon.«

Filou schielte misstrauisch hoch. Aber der Hüne im Zottelpelz wirkte tatsächlich friedlich. Und so stürzte er sich ausgehungert auf das Hundefutter, auch wenn ihm die große Gestalt unheimlich war, die den grauen Kopf mit den schwarzen Augen und den verblüffend kleinen Ohren auf die Pfoten gelegt hatte und Fidel und ihm beim Fressen zusah.

»Wenn ihr heute Nacht eine Unterkunft braucht«, ließ Garou nach einer Weile von sich hören, »ich habe viel Platz. In den Pferdeställen ist es am gemütlichsten.«

»Klasse«, schmatzte Fidel.

»Übrigens hat niemand etwas dagegen, wenn du uns ein paar Mäuse vom Hals schaffst, rote Prominenz«, sagte Garou. »Dein weißer Freund kann ja in der Zwischenzeit die Krähen vergraulen.«

»Mein Anblick hat schon ganze Heerscharen missgünstiger Kreaturen in die Flucht geschlagen«, entgegnete Fidel würdevoll. »Verlass dich auf uns.«

Filou wusste, dass Hunde nicht zu lachen pflegten, auch wenn sie manchmal so aussahen. Aber Garou wirkte, als würde er, wenn er könnte. Humor war doch etwas Schönes. Vor allem, wenn er der Völkerverständigung diente.

Im Pferdestall war es dunkel und warm, aber es raschelte ununterbrochen, unter und über und neben ihnen. Fidel war das egal, der war satt und müde und würde bald einschlafen. Aber Filou hatte so seine Erfahrungen mit Mäusen: Es war nicht gut, wenn sie in der Übermacht waren. Er wollte nicht als Bettvorleger für den Mäusekönig enden.

Auch Pferde waren ihm unheimlich. Sie schnauften in ihren Boxen, malmten mit großen Gebissen, traten an die Boxenwände. Was, wenn man ihnen in die Quere käme? Als Plattkatze wollte er ebenso wenig abgehen. Während Fidel im Schlaf wimmerte und winselte, bedachte Filou die Lage.

Sie waren auf unklarer Mission Richtung Avignon, weil Fidel seine geliebte Agathe wiedersehen wollte. Klar, dass man seinen Freund in einer solchen Angelegenheit nicht alleinließ. Denn es musste Fidel wirklich bitter ernst sein: War er nicht bekannt für seine unbedingte Treue zu Herrchen? Für seine philosophisch veredelte Faulheit, die ihn normalerweise jedes Risiko meiden ließ? Für seine Vorliebe für Sicherheit und Wohlleben? Wenn ein solches Wesen den Aufbruch ins Unbekannte wagte, war die Welt wirklich und wahrhaftig aus den Fugen. Also war alles noch schlimmer, als er befürchtet hatte.

War es nun aber richtig, dass er, Filou, Fidels einziger Freund, den Mops unterstützte? Auch er kannte schließlich so etwas wie Treue: zu Josephine und Felix. Zu Isabelle und Henri. Und vor allem – zu Marla. Was sollte Marla denken, wenn er nicht zu Hause war, wenn sie zurückkehrte? Und vor allem: War es weise, eine solche Reise ins Unbekannte anzutreten, den unverständlichen Trieben eines Hundes folgend?

Nach langen Stunden, in denen er die Gedanken kreisen ließ, gelangte er zu einem Entschluss. Alles in allem, auch im Sinne der Freundschaft zu Fidel, war es das Vernünftigste, den Mops von seinem völlig unsinnigen, idiotischen, ganz und gar schwachsinnigen Abenteuer abzubringen. Sie mussten zurückkehren und darauf bauen, dass Herrchen seine Céline dazu bewegen konnte, bald wieder nach Beaulieu zu reisen. Mit Agathe selbstredend.

Ja, morgen würden sie den Rückmarsch antreten. Vielleicht hatte ihm Isabelle in der Zwischenzeit seine Schandtat verziehen? Man durfte die Hoffnung nicht aufgeben. Der Gedanke tröstete ihn, und mit Bildern zärtlicher Versöhnung vor dem inneren Auge schlief er endlich ein.

ZWEIUNDZWANZIG

Noch vor dem Aufstehen trug er Fidel seine Gedanken vor. »Wenn wir wieder zu Hause sind, werden wir Herrchen überreden, mit dir nach Avignon zu fahren.«

Fidel gähnte. »Glaubst du vielleicht, auf die Idee wäre ich nicht auch schon gekommen?«

»Ach. Und warum …?«

»Herrchen hat keinen Führerschein. Außerdem weiß er gar nicht, wo Céline wohnt.«

»Und? Weißt du das?«

»Ich folge meiner Nase«, erklärte Fidel vornehm. »Apropos: Ich habe Hunger.«

Der Mops tapste hinaus aus dem Stall in einen frischen, sonnigen Morgen. Filou folgte. Der Hofhund, Riese Garou, war bereits wach. Und vor ihm stand – ein gut gefüllter Fressnapf.

»Ahhh, meine Gäste«, begrüßte sie Garou. »Greift zu!«

Fidel ließ sich das nur einmal sagen. Er stürzte sich auf das Futter, kaute und schluckte und kaute und schluckte und hätte sich fast verschluckt.

Filou fraß langsamer und hatte seinen Hunger schneller gestillt. »Danke für deine Großzügigkeit«, sagte er und sah seinem Gastgeber beherzt ins Auge. »Aber wie kommt es, dass du so wenig isst? Bei deiner Größe?«

Garous Augen trübten sich. »Ach, ich habe keinen rechten Appetit mehr. Wir – wir hatten hier einen Todesfall.«

Oje. Was sollte man dazu sagen? »Mein herzliches Beileid«, murmelte Filou.

»Danke.« Garou schaute melancholisch in die Ferne. »Sicher, sie war schon alt, viel älter als ich, aber ich hing an ihr.«

»War sie – so groß wie du?« Filou schwirrte der Kopf. Wären sie gestern von zwei Hunden dieser Größenordnung empfangen worden, hätte er einen Herzinfarkt gekriegt.

»Das glaubte Ilona. Aber in Wirklichkeit war sie kleiner.«

Filou stellte es sich schwierig vor, zwei solche Riesenviecher tagtäglich mit Futter zu versorgen. Schon eines musste eine Zumutung sein, zumal Garou sein Futter auch noch mit dahergelaufenen Fremden teilte.

»Sie war bis zuletzt gut zu Fuß und ging ihren Aufgaben nach, aber eines Morgens lag sie auf der Wiese, ganz steif und kalt.« Garous feuchte Augen wurden noch feuchter.

»Hat sie denn ein ordentliches Hundegrab bekommen?«, fragte Filou mitleidig.

Der große Kopf schnellte in die Höhe. »Ein Hundegrab?«

»Na ja …«, stotterte Filou. Hielt man das in der Fremde anders als in Beaulieu?

»Ein Hundegrab für eine Ziege?«

Filou tat unwillkürlich einen Schritt zurück. »Ich dachte … ich wusste ja nicht …«

»Versteh schon. Alle fanden unsere Freundschaft seltsam.« Garou schloss die Augen. »Aber ich vermisse sie. Ihr weißes Fell. Ihre bernsteinfarbenen Augen. Ihr leises Meckern. Ihre weichen Nüstern.«

Nach einer Weile öffnete er die Augen wieder und fragte sanft: »Kann ich noch etwas für euch tun, meine Freunde?«

Fidel hatte den riesigen Fressnapf leergeputzt und leckte sich die Lefzen. »Wir wollen nach Avignon«, sagte er. »Eine liebe Freundin wohnt dort. Hast du eine Idee, wie wir am besten dorthin gelangen?«

Garou seufzte. »Wohl dem, der noch eine liebe Freundin hat!«

Fidel seufzte ebenfalls. »Und Agathe ist etwas ganz, ganz Besonderes. Ihr weiches Fell …«

Nicht schon wieder, dachte Filou und ging dazwischen. »Wie gesagt: Wir suchen eine Mitfahrgelegenheit nach Avignon, und wir dachten, du hättest vielleicht einen Tipp.«

Garou wiegte den schweren Kopf. »Vielleicht. Wahrscheinlich. Aber – was krieg ich dafür?«

»Was wünschst du dir denn?«, fragte Filou. Der Riese hatte hoffentlich nichts Unmögliches im Sinn. Oder etwas, bei dem man sich lächerlich machte. Oder nass.

Der Irische Wolfshund senkte den Blick und schwieg. Und dann flüsterte er ihnen etwas zu. Fidel sah Filou an. Filou blickte auf Fidel. Und dann antworteten sie beide gleichzeitig: »Mit dem größten Vergnügen.«

Garou verschwand wie der Blitz in seiner Hütte, wühlte dort herum und hatte, als er wieder herauskam, einen bunten Ball in der Schnauze, den er ihnen vor die Füße warf. Der Ball hatte genau die richtige Größe, er war größer als ein Tennisball, aber viel kleiner als ein Fußball. Während Garou schoss, gab Filou den Libero, der den Ball abfälschte, sodass er bei Fidel landete, der ihn dribbelte. Sie spielten von der einen Ecke des Hofes in die andere. Hin und her und her und hin.

Fidel gab als Erster auf. Filou war als Nächster mattgesetzt. Und endlich hatte auch Garou genug.

»Ilona hatte den besseren Kick. Mit ihren Hufen. Aber ihr seid auch nicht schlecht«, sagte er gönnerhaft. »Und jetzt verrate ich euch, wie ihr nach Avignon kommt.«

DREIUNDZWANZIG

Fidel und Filou warteten in ihrem Versteck im Stall auf Garous Zeichen. Und endlich war es so weit. Im Windschatten des großen Hundes liefen sie über den Hof zu einer offenen Remise. Dort stand ein Wagen, der schon ziemlich betagt sein musste, denn er sah ganz anders aus als die Autos, die normalerweise auf den Straßen fuhren. Er war größer und runder, und sein schwarzer Lack war stumpf.

»Papa ist zurück ins Haus gegangen, er vergisst immer irgendetwas, aber er hat die Wagentür offen gelassen. Hier könnt ihr also hineinspringen und euch hinter den Sitzen verstecken«, sagte Garou.

»Und – Papa will auch wirklich nach Avignon?«, fragte Fidel mit vor nervöser Erwartung zitterndem Schwanz.

»Ich denke schon. Er fährt immer mittwochs in die Stadt, und heute muss Mittwoch sein, sonst würde er ja nicht in die Stadt fahren, oder?«

Filou war beeindruckt. Das war Logik. Fidel hingegen war der Zweifel auf die faltige Stirn geschrieben.

»Und wenn er doch nicht nach Avignon fährt?«

»Dann hattet ihr wenigstens eine schöne Reise«,

knurrte Garou. »Und nun – rein mit euch! Papa wird gleich da sein!«

Filou sprang in den Wagen, dessen Ledersitze nach Pferd und Ziege rochen, und nach einem kurzen Moment des Zögerns folgte Fidel. Sie hörten Garous Papa näher kommen. Er ging langsam, schlurfte ein wenig, er war offenbar nicht mehr der Jüngste. Aber er musste ein guter Mensch sein, denn er liebte seinen Hund.

»Na, mein Liebling, heute hast du ja mal aufgegessen, das ist ein braves Tier«, sagte er, und dem Geräusch nach zu urteilen, tätschelte er Garous Hals. Der gab einen freudigen Japser von sich, und man hörte ihn um sein Herrchen herumspringen.

»Und nun pass schön auf, während ich fort bin, und lass niemanden rein.« Ächzend und leise fluchend bestieg Papa den Fahrersitz, fummelte endlos lange nach dem Schlüssel, fand das Schloss nicht gleich, fluchte lauter.

»Ob das heute nochmal was wird?«, wisperte Filou.

»Und ob er den Weg nach Avignon findet?«, fragte Fidel.

Endlich sprang der Motor an. Eine gewaltige Maschine musste da am Werk sein, nach der Gewalt zu urteilen, mit der es stampfte und dröhnte und schnaubte. Filou presste sich flach auf den Boden, während Papa den schweren Wagen aus dem Hof herausmanövrierte. Hoffentlich überlebten sie den Trip.

Garous Herrchen schonte nichts und niemanden. Er

gab beherzt Gas und trat ebenso beherzt auf die Bremse. Filou legte die Ohren an. Was für ein Höllentrip! Papa fluchte nicht nur ununterbrochen vor sich hin – auf alle anderen Verkehrsteilnehmer, auf den Staat, die dummen Politiker, den Papst und Gott –, er hatte auch ein ausgesprochen übelriechendes Zeug in der Pfeife. Und womöglich einen ziemlichen Sprung in der Birne.

Ein erster Halt. Papa würgte den Motor ab, quälte sich aus seinem Sitz und warf die Tür des Wagens mit einem gewaltigen Schmettern hinter sich zu. Erst nach einigen Minuten wagten sich Filou und Fidel aus ihrem Versteck, um zu schauen, wo sie gelandet waren. Das Auto parkte vor einer Apotheke.

Die beiden Flüchtigen verschwanden in der Versenkung, als sie Papa wieder aus der Apotheke treten sahen. Der Höllentrip ging weiter. Der nächste Stopp: der Kundenparkplatz vor einem Supermarkt. Diesmal dauerte es länger, bis Papa mit einem gut gefüllten Einkaufswagen zurückkehrte.

»Ich wette, er hat Rin-Tin-Tin gekauft«, flüsterte Fidel. »Ich könnt schon wieder.«

»Reiß dich zusammen«, flüsterte Filou zurück. »Wenn wir erst in Avignon sind, kannst du dich in Rin-Tin-Tin wälzen.«

Gemächlich und unter unverständlichem Gebrabbel belud der Alte den Kofferraum. Schon bald roch es im ganzen Wagen nach frischen Croissants, was Filou entschieden interessanter fand als klinisch tote Dosen.

Und weiter ging es. Mit jedem Halt wuchs Filous Unruhe. Wollte Papa wirklich heute noch nach Avignon? Sein Zweifel näherte sich der Gewissheit. Denn es war bereits Mittag, nach dem Stand der Sonne zu urteilen, als der Wagen erneut stoppte.

Papa stieg aus und warf die Tür hinter sich zu. Stille. Filou und Fidel hockten auf dem Boden hinter den Vordersitzen und lauschten auf irgendein Lebenszeichen von draußen. Endlich wagten sie sich auf die Rückbank. Der Wagen stand neben anderen Autos auf einem staubigen Platz ohne Baum und Strauch. Es schien der Parkplatz einer Bar zu sein. Die Minuten vergingen. Aber keine Menschenseele war zu sehen. Und auch der Alte kehrte nicht zurück.

Die Gefahr war unhörbar und unsichtbar, aber sie machte sich bald bemerkbar. Langsam, ganz langsam begann die Temperatur im Auto anzusteigen. Es wurde warm. Die Luft wurde stickig. Es wurde heiß. Sie hatten Durst. Die beiden Flüchtigen waren mit einem Mal Gefangene, und ihr Fluchtfahrzeug war zur Todeszelle geworden.

Fidel rang nach Luft und hechelte. Filou spürte, wie ihm die Zunge am Gaumen klebte. Wenn Papa nicht bald zurückkäme, würden sie verdursten und ersticken.

»Wo bleibt der Kerl, um Himmels willen?«, wisperte Fidel.

»Ich weiß es nicht. Ich fürchte …« Filou brach ab. Er sah den alten Herrn vor sich, wie er an der Bar hockte und einen kleinen Schwarzen trank. Ganz so wie Monsieur Bernard es daheim in Brunos Bar tat. Der trank nach dem kleinen Schwarzen meistens noch einen Pastis. Und dann tauchte der alte Gustave auf. Man geriet ins Plaudern, und schon gab es einen weiteren Pastis. Ein Kumpel von Gustave gesellte sich hinzu und bestellte eine Runde - und so weiter und so fort. Am Schluss wankte Monsieur Bernard betrunken nach Hause.

Mit anderen Worten: Wenn Männer in die Bar gingen, konnte das dauern und dauern. Und dauern. Und dann wäre es zu spät für Katz und Mops.

Fidel gab keinen Laut mehr von sich, und auch Filou merkte, wie seine Kräfte schwanden. Wenn jetzt nichts passierte, wenn nicht sofort jemand erschien und die Wagentür öffnete und Luft hineinließ – dann wäre ihr Abenteuer hier und heute beendet.

Er rappelte sich hoch. »Auf, Fidel«, raunte er. »Hoch mit dir. Wir müssen ans Fenster. Wir müssen die Menschen aufmerksam auf uns machen. Sonst ist es vorbei mit uns.«

Er krabbelte auf die Rückbank, stellte sich auf die Hinterbeine und blickte zum Fenster hinaus. Rechts von Papas Auto trug jetzt ein Mann in Jeans und Jackett fröhlich pfeifend eine Zeitung zu seinem Jeep. Filou maunzte und schlug mit der Pfote gegen das Fenster. Mach die Augen auf, Mensch, beschwor er den Mann in Gedanken, schau hin!

»Fidel«, keuchte er, »da ist jemand. Du musst zum Fenster kommen, vielleicht sieht er dich eher als mich!«

Fidel war mit Müh und Not neben ihn gekrochen und richtete sich zitternd auf. Jetzt standen Mops und Kater am Fenster, japsten und kläfften und schlugen mit den Pfoten. Aber der Mann schaute nicht hin, stieg in sein Auto und fuhr los.

Fidel ließ sich entkräftet sinken. Doch Filou hielt die Stellung. Und endlich näherte sich wieder jemand.

VIERUNDZWANZIG

Es war eine Frau mit einem Einkaufswagen. Auf den Einkäufen in ihrem Wagen thronte ein schwarzgelocktes Kind, schlug mit einem zerrupften Teddybären den Takt und lachte spitzbübisch.

Fidel presste die schwarze Nase an die Scheibe. »Ich kann nicht mehr! Sie müssen uns sehen«, ächzte er.

Das Kind und die Frau, deren dunkle Haut glänzte, waren ihre letzte Chance, das wusste auch Filou. Und mit seinem letzten Atem stimmte er jenen Laut an, der alle alarmierte, die ihn hören konnten: den Schrei eines Katers in höchster Not.

Die schwarze Frau blieb stehen. Das Kind lauschte mit offenem Mund. Und dann, endlich, hob es sein Ärmchen und zeigte in ihre Richtung.

Filou und Fidel hüpften aufgeregt auf und ab, als die Frau mit dem Kind näher kam, erst zögernd, dann im Laufschritt. Die Frau schlug die Hand vor den Mund, als sie endlich zu begreifen schien, was sie da vor sich sah, hinter den Scheiben eines alten, zerbeulten Citroën. Sie drehte sich um.

»Nein!«, rief Filou.

»Bitte nicht«, flüsterte Fidel.

Doch die Frau ging nicht fort. Sie schrie – fast so laut und durchdringend wie Filou.

Das wirkte. Im Nu war der Wagen von Menschen umringt, Fidel und Filou hörten ihre erregten Stimmen, während sie luftschnappend auf dem Rücksitz lagen.

»Der hat seine Tiere im Auto gelassen, in praller Sonne, und noch nicht einmal ein Fenster ist auf!«

»So ein Tierquäler!«

»Wenn ich den Kerl erwische!«

»Sieh mal, der kleine Mops, hoffentlich lebt er noch.«

»So ein süßer roter Kater, schau, er zuckt mit den Ohren, wir müssen die beiden befreien!«

»Brecht die Tür auf!«, rief eine schrille Stimme.

»Schlagt die Scheibe ein!« Ein sonorer Bass. »Nun macht schon!«

Und dann – ein gewaltiger Schlag. Glas zersplitterte. Ein Luftzug strich über Filous Fell.

»Wasser! Die beiden brauchen Wasser!«

»Tut's auch Milch?«, fragte eine Frauenstimme. Filou spürte etwas köstlich Nasses und Frisches vor seiner Nase. Mühsam öffnete er das Mäulchen und schob seine geschwollene Zunge vor. Die Berührung mit der kühlen Milch elektrisierte seinen ganzen Körper. Er leckte erst den nassen Finger sauber und schleckte schließlich mit Hingabe eine ganze Pfütze aus einer weichen Frauenhand.

»Das Katerchen lebt«, rief eine helle Stimme.

»Der Mops auch«, brummte ein Mann.

Die Menge, die den Wagen umstand, nahm die Botschaft freudig auf und gab sie weiter. Filou fühlte eine ungeheure Euphorie in sich aufsteigen. Er lebte! Fidel lebte! Und alle freuten sich darüber. Das war vielleicht das Größte, das er jemals erlebt hatte.

»Was zum Teufel ist denn hier los?« Die Welle der Euphorie, die soeben noch hochgeschwappt war, versickerte jäh. Papa war zurück.

»Da ist er ja, der Tierquäler!«, sagte eine feindselige Stimme.

Und dann redeten alle zugleich.

»Wie kann man nur!«

»In dieser Hitze!«

»Sie waren am Verdursten!«

»Haben Sie denn kein Herz?«

»Oder keinen Verstand?«

»Was ist hier los? Was ist mit meinem Auto? Wer hat das getan?«, brüllte der Alte.

Ganz kurz spürte Filou den Anflug eines schlechten Gewissens. Papa konnte wirklich nichts dafür, er hatte doch gar nicht gewusst, dass er blinde Passagiere an Bord hatte. Und er liebte seinen Hund!

Die Stimmung wurde immer feindseliger. Und dann sahen sie Papa draußen stehen. Sein Gesicht war gerötet, die Nase glühte geradezu, ganz gewiss hatte er eine schöne Zeit gehabt in der Bar.

»Ihre Tiere hier waren am Verdursten! Wir mussten sie befreien!«

»Meine Tiere? Ich hab die zwei noch nie gesehen!«

»Jetzt leugnet er auch noch!«

»Was für ein Rohling!«

Die Menge rückte näher, während Papa nach dem Wagenschlüssel suchte.

»Wir müssen weg«, flüsterte Filou.

»Noch gestern, wenn es geht«, wisperte Fidel.

Und während sich die Menge auf den armen alten Herrn konzentrierte, dem die Ratlosigkeit ins Gesicht geschrieben war, schlüpften sie aus dem Auto, durch die Beine der Menschen hindurch in eine Hecke, die den Parkplatz begrenzte.

Noch lange hörten sie erregte Stimmen, während sie über das freie Feld liefen, das sich hinter der Bar erstreckte.

»Das war knapp«, sagte Fidel irgendwann atemlos.

Filou nickte. »Glück gehabt.«

»Der arme Papa. Er war ja wirklich nicht schuld.«

»Tja. Er oder wir, würde ich sagen.«

»Und ich sage: lieber er.«

An einem Bächlein tranken sie, bis sie nicht mehr konnten. Dann lagen sie lange im weichen Gras. Endlich kehrten ihre Kräfte zurück, und sie liefen weiter. Doch als sie am Waldrand angekommen waren, mussten beide zugeben, dass sie ein Problem hatten.

»Ich habe keine Ahnung, wo wir sind und wie es nach Avignon geht«, stellte Fidel fest, als sie ins Unterholz eintauchten.

»Und ich wüsste nicht, wo wir jemanden finden sollen, der uns eine Dose aufmacht«, seufzte Filou.

Sie waren verloren.

FÜNFUNDZWANZIG

Filou hatte es immer schon geahnt, aber jetzt wurde es zur Gewissheit. Fidel war alles andere als der ideale Reisebegleiter. Der Wald war ihm völlig fremd. Und so gestaltete sich die Suche nach einem Unterschlupf ausgesprochen mühsam.

»Und wenn so ein Untier kommt? Ein Wolf oder ein Wildschwein? Dann bist du wie der gesengte Blitz auf dem Baum, und ich bin das Opfer«, maulte er bei jedem Vorschlag, den Filou ihm unterbreitete.

Endlich einigten sie sich auf eine Steintreppe, die zu einem verfallenen Haus führte, von dem nur noch die Mauern rechts und links vom Eingang kündeten. Fidel bestand darauf, dass Filou das Terrain gründlich durchsuchte, es konnte ja sein, dass dort Kreaturen wohnten, die größer als eine Nacktschnecke waren. Als der Freund Entwarnung geben konnte, schlief Fidel sofort ein. Filou aber lag noch eine Weile wach unter dem schimmernden Sternenhimmel, auf warmem Stein, in dessen Ritzen weiches Moos wuchs. Er dachte nach.

Avignon war unerreichbar geworden. Wenn sie Glück hatten, fanden sie wenigstens wieder nach Beaulieu zurück. Bis dahin galt es zu überleben. Das dringendste Problem, wie immer, war Futter.

Beim Gedanken an die Steinzeitdiät, die er Fidel einst empfohlen hatte, konnte Filou nur noch müde lächeln. Nur essen, was man selbst gejagt hatte? Das bedeutete den Hungertod angesichts der Tatsache, dass sie beide sowohl im Jagen als auch im Töten völlig ungeübt waren.

Wir sind Haustiere, dachte Filou. Begleiter von Menschen. Wir sind abhängig von ihnen, auch wenn wir so tun, als ob sie es wären, die uns brauchen. »Hunde haben Herrchen, Katzen Personal« war nur ein dummer Spruch. Sicher, ein Hund tat immer, als ob er sich halb tot freute, wenn er Herrchen oder Frauchen sah, während eine wohlerzogene Katze sich höchstens mal an ein Menschenbein schmiegte, um Zuneigung zu zeigen. Aber was bewies das schon? Im Endeffekt, dachte Filou, sind wir niemals frei und unabhängig, solange es ums Überleben geht. Gleich morgen früh würden sie nach Menschen suchen. Nach Dosenöffnern und Futterspendern. Nach Herrchen, Frauchen oder Personal. Egal: Hauptsache Menschen, die Tiere liebten.

Mit diesem Plan vor Augen nickte er ein.

Am nächsten Morgen weckte sie hässliches Gekläff, unterbrochen von einem gemeingefährlich klingenden Knurren. Filou öffnete die Augen. Zu spät, um auf den nächsten Baum zu klettern.

Vor ihnen, die Beine leicht gespreizt, den zottigen

Kopf gesenkt, das lange übelriechende Maul weit geöffnet, stand ein Hund. Sein weißes Fell war verschmutzt und seine langen braunen Ohren blutig verschrammt – alles in allem sah er nach Regennächten im Unterholz aus. Nur das blinkende Etwas, das er am Halsband trug, ließ auf Kontakt mit der Zivilisation schließen.

»Lass die Kläfferei, das nervt«, raunzte Fidel unerschrocken.

Und tatsächlich: Der zottige Rabauke verstummte. »Aber ich muss Meldung machen«, brummte er schließlich. »Das ist Pflicht.«

»Aha. Und du tust auch immer, was man dir sagt, ja?« Fidel hatte sich hochgerappelt und saß auf den Hinterbeinen, ganz beleidigter Buddha.

»Selbstverständlich«, schnarrte der Jagdhund. »Das gehört sich so für einen Bretonischen Vorstehhund. Befehl und Gehorsam. Sonst kann man nicht zusammenarbeiten.« Dann wechselte sein Blick hinüber zu Filou. »Was machst du denn mit der Flohfalle da? So was jagt man!«

»Wenn man ein hirnloser Depp ist«, murmelte Filou leise.

»Was? Sprich gefälligst lauter!«

Jetzt war Fidel gefragt, der sich reckte, um imposanter zu wirken. »Ich bin Fidel, und das ist mein Freund Filou. Und mit wem haben wir die Ehre?«

»Salaud«, antwortete der Bretonische Vorstehhund. »Das heißt so viel wie Drecksack, sagt meine Herrschaft.« Er klang, als ob er stolz auf einen Ehrentitel wäre.

Feine Herrschaft, dachte Filou.

»Und was macht ihr zwei hier? Das ist mein Jagdgebiet!«

»Oh, wir denken nicht daran, hier zu jagen«, entgegnete Fidel steif. »Wir sind auf dem Weg nach Avignon.«

»Avignon?« Der Jagdhund hob das rechte Ohr, an dem ein welkes Eichenblatt hing. »Kenn ich nicht. Wir sind hier *au bout du monde*, wie Herrchen zu bemerken pflegt.«

»Am Arsch der Welt. Das trifft's«, murrte Fidel.

»Drecksack! Wo bleibst du?«, hörte man es hinten im Wald rufen.

Salaud drehte nervös den Kopf. »Ihr seht – ich muss. Die Pflicht ruft.«

Im nächsten Moment stand die Pflicht vor ihnen, in Gestalt eines kugelrunden Mannes, der eine leuchtend orangerote Weste trug und eine olivgrüne Kappe auf dem kahlen Schädel hatte.

»Was haben wir denn hier?«, fragte der Mann erstaunt. »Seit wann interessierst du dich für Haustiere? Der Kochtopf von Maman braucht einen Hasen oder ein Wildschwein, du Dussel.«

Salaud war längst winselnd und jaulend die Steintreppe heruntergesprungen und machte Anstalten, sich Herrchen an die Brust zu werfen, der ihn mit einem sanften Fußtritt an weiteren Zärtlichkeiten hinderte.

»Andererseits …« Das kugelrunde Männchen sah Mops und Katz stirnrunzelnd an.

Die Vorstellung, in Mamans Kochtopf zu landen, war nicht unbedingt angenehm. Filou schickte einen liebevollen Abschiedsgruß an Josephine. Für den Fall, dass er sie nicht wiedersehen sollte.

»Andererseits … vielleicht heitern die beiden unsere Lilly auf.« Er blickte auf seinen hechelnden Jagdhund und sagte mit flacher Stimme: »Apporte!«

Mit einem Satz sprang Salaud die Treppe hinauf und legte seine schmutzige Pfote auf Fidels immer noch blütenweißen Körper. Filous Fell plusterte sich unwillkürlich auf, seine Rute bauschte sich, und er gab sein gefährlichstes Fauchen von sich.

»Denk gar nicht erst dran«, knurrte Salaud. »Eine Bewegung von dir, und ich breche deinem Freund hier das Genick!«

Er packte Fidel mit den Zähnen am Nackenfell und hob ihn hoch. Filou blieb nichts anderes übrig, als den beiden zu folgen.

Herrchen führte die Prozession an, dahinter Salaud, in dessen übelriechendem Fang Fidel hing – in der unwürdigsten aller denkbaren Posen, wie ein hilfloser Welpe. Filou hielt Abstand und sann auf Abhilfe. Aber ihm fiel nichts ein. Immerhin schien Herrchen ihnen nichts Böses zu wollen; sie sollten Lilly aufheitern, wer immer das war. Zur Heiterkeit aber trug ein Tier nur bei, solange es lebte. Oder?

Im Interesse von Fidel hoffte er, dass sie es nicht mehr allzu weit hatten. Und schon waren Herr und Hund hinter einer Wegbiegung verschwunden.

SECHSUNDZWANZIG

Filou, der zu laufen begonnen hatte, bremste jäh ab. Das Haus lag direkt hinter der Kurve, halb verborgen von einer Hecke aus Thuja. Neben dem Haus befand sich ein Zwinger, hinter dessen Gitter bereits Salaud hockte, leise winselnd und mit dem Schwanz wedelnd. »Na, auf die rote Flohfalle hätte ich ja durchaus verzichten können«, knurrte Herrchen, als er Filou sah. Der Mann hatte Fidel im Arm und wartete vor einer grün gestrichenen Haustür.

Das Haus war nicht aus Stein wie all die Häuser, die Filou aus Beaulieu kannte, sondern aus Holz gebaut, aus dicken Bohlen, die man braun gestrichen hatte. Rechts und links der Tür wucherten allerlei Pflanzen in großen Kübeln, ausrangierte Weinfässer, wenn ihn nicht alles täuschte.

Fidel zappelte, als er Filou sah, aber der Mann ließ ihn nicht los. »Versteh schon«, murmelte er. »Das rote Vieh ist dein Freund. Ihr seid mir vielleicht ein seltsames Pärchen!«

Fidel winselte und versuchte, dem Mann die Nase zu lecken. Filou war gerührt – und peinlich berührt. Der Freund erniedrigte sich seinetwegen! Doch es schien zu wirken. Zwar wandte der Mann sein Gesicht ab und wischte sich mit dem Ärmel seines Pullovers über die Nase, aber er sah ein wenig freundlicher aus.

»Dann wollen wir mal nicht so sein. Ihr bleibt beide. Lilly wird sich freuen.«

Er öffnete die Tür und schubste Fidel hinein.

»Keine Tiere in meinem Haus!«, rief ihnen eine Stimme entgegen. »Hunde gehören in den Zwinger!«

»Aber Paulette. Das sind gepflegte Haustiere, die gehören nicht in den Zwinger. Ich habe sie für Lilly mitgebracht.«

»Keine Tiere, hab ich gesagt, in meinem …« Die Stimme verstummte. Filou starrte in ein rundes gebräuntes Gesicht und in große dunkle Kulleraugen. Der rundliche Mann hatte eine rundliche Frau. Und die rundliche Frau ging bei seinem Anblick in die Knie, streckte die Hand aus und stieß Laute des Entzückens aus. Aus Rücksicht auf Fidel ging Filou auf ihr Werben ein, beroch ihre Hand und rieb seine Wange an ihr.

»Keine Tiere im Haus, Paulette, nicht wahr?«, sagte der rundliche Mann und schmunzelte.

»Ich wollte schon immer eine Katze«, gestand Paulette und steckte die Nase in Filous Pelz. »Du Hübscher. Ich nenne dich Joli.«

»Na, jetzt hast du sogar einen Kater. Und Lilly kriegt den Mops.« Sprach's und nahm Fidel wieder auf den Arm.

Filou wusste, wie sehr der Mops das hasste. Er hasste es ja auch, wenn man mit ihm verfuhr wie mit einem

Stück Gepäck. Aber in dieser Situation musste man sich beliebt machen. Sanft presste er seine Vorderpfoten gegen Paulettes Arm. Ob sie wohl ans Nächstliegende denken würde?

»Paul! Haben die armen Kerlchen überhaupt schon etwas zu futtern gehabt?«

Was für eine kluge Frage! Das war eine Frau nach seinem Geschmack. Filou schnurrte lauter.

Paul kratzte sich die Glatze unter seiner Mütze. »Salaud hat sie im Wald aufgestöbert, da hatten sie wohl die Nacht verbracht, ich glaube nicht …«

»Sie müssen ja ganz ausgehungert sein!« Jetzt saß auch Filou auf dem Arm eines Menschen und wurde, während sie Koseworte murmelte, von Paulette in die Küche getragen. Dort roch es höchst appetitlich. Und tatsächlich: Nachdem sie ihn abgesetzt hatte, holte die Hausfrau zwei Schüsselchen aus dem Küchenschrank und löffelte aus zwei Töpfen auf dem Herd etwas hinein.

Filou schnupperte. Kartoffelpüree, dachte er. Mit …

Japsend stürmte Fidel in die Küche. »Bœuf bourguignon!«, kläffte er fröhlich und stürzte sich aufs Futter.

Paul und Paulette schauten den schmatzenden und kauenden Tieren zu.

»Na gut«, sagte Paulette schließlich leise. »Einverstanden. Weil er ein Mops ist und klein und für Lilly da sein soll. Doch Ausnahmen bestätigen nur die Regeln: keine Hunde in meiner Küche!« Sie klang wieder streng, aber als Filou kurz von seinem Fressnapf aufblickte, sah er sie lächeln.

SIEBENUNDZWANZIG

Das Erste, was sie von Lilly wahrnahmen, waren ihre riesengroßen dunklen Kulleraugen. Viel mehr gab es auch nicht zu sehen, denn Lilly war ein kleines Mädchen und lag im Bett.

»Lilly, mein Häschen, wie geht es dir heute?«, schmeichelte Paulette.

»Schau, was wir dir mitgebracht haben«, säuselte Paul.

Auch das Bett erkannte man kaum, es war über und über mit Plüschtieren bedeckt.

»Wozu braucht sie da noch uns?«, flüsterte Fidel.

»Stimmt. Du liegst schließlich meistens auch nur bewegungslos herum«, antwortete Filou. Aber er hatte gemerkt, dass die Augen der Kleinen bei ihrem Anblick zu leuchten begannen. Sie sah ganz anders aus als Marla, die blond war und hellbraune Augen hatte, während Lilly kurze Löckchen trug und ihre Augen schwarz schimmerten. Aber irgendwie erinnerte sie ihn an Marla. Und er spürte, dass sie traurig war. Weil sie krank war, ganz klar.

Mit einem Satz sprang er aufs Bett. Ihre Augen weiteten sich.

»Das ist Joli«, sagte Paulette mit weicher Stimme.

09:12

Paul nahm Fidel und setzte den sich sträubenden Mops ebenfalls aufs Bett.

»So etwas hätte Herrchen nie und nimmer geduldet«, ächzte der Mops und ließ sich neben Filou fallen.

»Und das ist …«, erklärte Paul. »Jolis Freund.«

»Bel Ami«, übersetzte Paulette. »Was sagst du nun, Lilly?«

Die Kleine sagte gar nichts, schaute zu Filou und wieder zu Fidel und streckte schließlich eine zarte kleine Hand aus. Eine rote und eine dunkle Nase berührten die Hand des Kindes. Dann legte sich Filou schnurrend neben ihren Kopf, während Fidel sich an ihre Hand kuschelte.

Paulette seufzte. »Sie müsste längst wieder auf den Beinen sein. Der Arzt war heute da, er meint, die Windpocken wären völlig ausgeheilt. Er kann sich das auch nicht erklären.«

»Warten wir's ab«, flüsterte Paul. »Tiere können heilen.«

Paul und Paulette hatten sich längst leise zurückgezogen, und Lilly waren vom vielen Staunen und Schnurren die Augen zugefallen. Draußen kläffte Salaud, und durch das halb geöffnete Fenster drang das Schnarren der Zikaden und das Lied einer Amsel.

Wir werden Avignon nie erreichen, dachte Filou. Und wenn es ganz schlimm kommt, werden wir es auch nicht mehr zurück nach Beaulieu schaffen.

Denn eines war gewiss: Sie konnten Lilly nicht verlassen, solange sie krank war. Das war ein eisernes Gesetz, auch wenn er nicht wusste, wann es erfunden worden war. Kranke Menschen brauchten Tiere, damit sie wieder gesund wurden. Und kranke Kinder brauchten sie am meisten.

Was aber, wenn Lilly nie wieder gesund würde? Sollten Mops und Kater wie die Plüschtiere enden? Leblos, kraftlos, würdelos?

Und würde er jemals seine Liebsten in Beaulieu wiedersehen?

»Denkst du noch manchmal an Agathe?«, fragte er leise, als er hörte, wie Fidel sich auf die andere Seite drehte.

»Unaufhörlich«, kam es nach einer Weile mit einem tiefen Seufzer zurück.

»Und – wie geht es dir dabei?« Ihm drückte die Vorstellung, dass Josephine um ihn trauern könnte, schier die Luft ab.

Fidel antwortete nicht. »Da ich weiß, was hätte sein können«, gestand er schließlich leise, »schmerzt der Verzicht wie Höllenfeuer. Aber das soll es ja auch, meinte der große Platon. Eros ist, was wehtut.«

»Und was sagt der große Platon zum Thema Nächstenliebe?«, wisperte Filou nach einiger Zeit.

»Agape. Wohlwollende Zuneigung ohne besondere Absichten. Oder meinst du vielleicht Altruismus? Nach Auguste Comte – bedeutender französischer Denker,

1798 bis 1857 – bezeichnet Altruismus eine Handlung gegenüber einem anderen Individuum, die dem Handelnden mehr Kosten als Nutzen einbringt. Dem widersprechen neuere Theorien, die darauf hinweisen, dass der Vorteil für den altruistisch Handelnden vielleicht nicht auf kurze, wohl aber auf lange Sicht größer sein kann als seine Kosten. Welche Sorte Nächstenliebe also meinst du?«

Fidel hatte glänzende Augen bekommen, während er, halb aufgerichtet, dozierte.

»Das Philosophieren steht dir!« Filou sah ihn belustigt an. »Aber ich meine es ganz und gar lebenspraktisch. Mir schwebt die gelungene Verbindung von Selbst- und Nächstenliebe vor.«

»Also Altruismus mit langfristigem Nutzeffekt.«

»Genau.«

Und dann erläuterte er Fidel seinen Plan.

ACHTUNDZWANZIG

Es geht ihr besser. Sie hat alles aufgegessen!« Paulette strahlte, als sie das Tablett von Lillys Bett hob.

»So sauber ist ein Teller nur, wenn eine Hunde- oder Katzenzunge bei der Arbeit war, Paulette. Lass dich nicht täuschen«, brummte Paul und hielt ihr die Tür auf. »Hofgang! Joli und Bel Ami, vite, vite!«

»Aber sieh doch!« Paulette rührte sich nicht vom Fleck und schüttelte ungläubig-entzückt den Kopf. »Sie blickt uns an! Sie lächelt!«

Ja, Lilly lächelte. Daran hatten Filou und Fidel von morgens bis abends gearbeitet. Denn das war ihr Plan: Wenn Lilly gesundete, konnten sie ruhigen Gewissens wieder ihren eigenen Angelegenheiten nachgehen.

Fröhlich kläffend rannte Fidel aus der Haustür. Filou folgte und blieb dann unschlüssig stehen. Das Wort »Hofgang« meinte offenbar genau das, was es bezeichnete. Paul hatte das schwere Tor geschlossen, das ins Freie führte – sie durften nur in den Hof. Filou taxierte das Hindernis. Wenn ihn nicht alles täuschte, waren zwei Reihen Stacheldraht auf das Tor montiert. Wer da hineingeriet, wurde bei lebendigem Leib zerschnitten. Man musste also im freien Sprung hinübersegeln. Ob er das schaffte? Und wenn: Was half ihm die Flucht, solange er Fidel zurücklassen musste?

Es blieb also nur ein Loch in der Thuja-Hecke. Sobald Paul wieder im Haus war, versuchte Filou sich einen Weg durch die immergrünen Sträucher zu bahnen. Vergebens: Die Hecke war mit Maschendraht verstärkt. Das Hinterteil voran, wand er sich wieder aus dem Gestrüpp. Man musste der Wahrheit ins Gesicht sehen. Sie waren eingeschlossen. Sie waren zum Helfen verpflichtet. Die Sache war aussichtslos. Ob der Mops sich das klarmachte?

Fidel saß vor Salauds Zwinger. Der Jagdhund bewohnte sein schäbiges Gefängnis, als ob es ein Palast wäre. Der Schlafplatz bestand aus ein paar alten Säcken, und der Fressnapf war lange nicht mehr gesäubert worden. Es war ein Elendsquartier. Aber für Salaud schien es sein Fürstentum zu sein. Fidel musste ihm eine Frage gestellt haben, denn der Jagdhund hatte sich aufgerichtet und schüttelte den Kopf, als ob er einen Hasen totschlenkern wollte.

»Ich muss hier nicht raus«, erklärte er. »Ich gehe täglich mit Herrchen jagen. Das reicht mir, was die Sache mit der Freiheit betrifft.«

»Aber uns reicht der Hofgang nicht«, hörte er Fidel sagen.

»Tja«, sagte Salaud. »Da kann ich leider gar nichts machen.« Der Bretonische Vorstehhund stand auf, drehte sich einmal um sich selbst und ließ sich seufzend wieder fallen. »Aber es ist doch ganz nett hier, oder? Das Essen jedenfalls kommt immer pünktlich.«

Fidel senkte den Kopf und trabte zurück zu Filou. »So also stehen die Dinge«, sagte er und erleichterte sich an einem Blumentopf. »Wir können nur hoffen, dass unsere Mission gelingt.«

Ihre Mission: Lilly gesund machen, damit sie irgendwann begriff, was zu tun war. Lilly würde der Schlüssel zur Freiheit sein.

Wer gesund werden will, muss genug essen und sich viel bewegen, das sagten alle. Sie würden Schritt für Schritt vorgehen. Als Erstes musste Lilly mehr essen. Filou übernahm die undankbare Aufgabe, Fidel daran zu hindern, sich auf die belegten Brote und das Müsli und die Suppe zu stürzen, die sie ihm hinschob, weil sie seine gierigen Blicke für den Ausdruck von Hunger hielt. Er schob Teller und Löffel immer wieder zurück, wenn das Mädchen ihre Mahlzeit zu früh beenden wollte.

»Jetzt kann ich aber wirklich nicht mehr, Joli«, sagte sie eines Abends und lachte ihn an. Er presste seinen Kopf an ihre Wange und schnurrte vor Vergnügen.

Sie waren einen Schritt weiter. Lilly aß. Lilly sprach. Als Nächstes mussten sie sie dazu bringen, das Bett zu verlassen.

Aber Lilly ließ sich durch nichts dazu verleiten. Stundenlang streichelte sie Fidels weiches weißes Fell oder kraulte Filou hinter den Ohren, und wenn einer von ihnen vom Bett sprang, um sie zu locken, verzog sie das Gesicht, als ob sie weinen wollte. Das aber würde keines der beiden Tiere aushalten. Und so blieb alles, wie es war, bis Filou eines Nachts eine Eingebung hatte.

Lilly schlief schon lange, und Fidel schnarchte selig vor sich hin. Er trat ihm kräftig in den Hintern.

»Was? Wie?« Der Mops schreckte hoch.

»Wach auf. Ich muss mit dir reden.«

»Jetzt? Mitten in der Nacht?« Fidel riss das rosafarbene Maul auf und gähnte.

Filou war immer wieder verblüfft, wie viele spitze kleine Zähne in so ein Mopsmaul passten.

»Ja. Jetzt.«

»Gesunder, also ungestörter Schlaf ist wichtig für Mensch und Tier«, dozierte Fidel im Versuch, Würde zu wahren. »Es gehört zu den bewährten Foltermethoden, Wesen am Schlafen zu hindern. Der Hormonhaushalt gerät außer Kontrolle, der Stoffwechsel entgleist, der Blutdruck steigt …«

»Halt die Luft an«, flüsterte Filou.

»Auch das ist nicht gesund. Schlafapnoe führt zu verringerter Sauerstoffaufnahme und Tagesmüdigkeit.«

»Maul, Mops«, zischte Filou. »Sonst Beule!«

Fidel blickte erstaunt auf. »Nanu? Heute so primitiv?«

»Sonst hörst du ja nie auf zu reden. Jetzt hör endlich zu! Ich habe die Lösung unseres Problems gefunden.«

»Heureka«, gähnte Fidel.

»Was auch immer. Erinnerst du dich an Garou?«

»Der uns fast auf den Todestrip geschickt hätte? Mit seinem verrückten Herrchen? Und ob!«

»Der Knabe hat mit uns Ball gespielt.«

»Natürlich. Ich hatte hinterher tagelang Muskelkater.«

»Bewegung ist gesund. Und du bewegst dich entschieden zu wenig.«

»Dafür denke ich nach, im Unterschied zu anderen hirnlosen Sportsfreunden, deren Namen ich jetzt nicht nennen will!« Der Mops tat beleidigt, aber Filou kümmerte das nicht.

»Die Lage ist: Lilly bewegt sich ebenfalls nicht, das muss sie aber, wenn sie wieder gesund werden will. Die Lösung lautet: Wir spielen mit ihr ›Fang den Ball‹!«

»Mitten in der Nacht?«

»Natürlich nicht mitten in der Nacht, du Dödel. Gleich morgen nach dem Frühstück.«

»Frühstück …«, murmelte Fidel sehnsüchtig.

»Die Frage, auf die wir eine Antwort brauchen, lautet: Wo finden wir einen Ball?«

Fidel nickte mit übertriebener Begeisterung. »Ja, das ist eine sehr gute Frage.«

»Und ich habe auch die Antwort.«

»Ich höre, roter Bruder.«

NEUNUNDZWANZIG

Die gespielte Begeisterung wich unwilligem Nörgeln, nachdem Filou seine Idee erläutert hatte. Aber es half nichts: Sie mussten Lillys Zimmer durchsuchen. Jetzt, sofort. Mitten in der Nacht.

Schubladen zu öffnen erwies sich als unmöglich. In den Kleiderschrank zu klettern war weniger schwierig. Aber dort gab es keine Spielsachen.

»Da stehen Kisten unter dem Bett«, sagte Fidel, der beim Inspizieren des Bücherregals eine Puppenküche gefunden hatte, einschließlich Herd und Töpfen, in der er jetzt malerisch lagerte. Filou warf ihm einen unfreundlichen Blick zu und kroch unter das Bett. Und tatsächlich: Hier war alles versammelt, was im früheren Leben der kranken Lilly seine Rolle gespielt haben mochte: Rollschuhe. Gummistiefel. Ein Gießkännchen. Ein Hula-Hoop-Reifen.

»Komm her und hilf mir«, knurrte Filou.

Aber Fidel mochte sich von seiner Puppenküche nicht trennen. »Hier will ich wohnen«, sagte er und ließ die Töpfe und Pfannen klappern.

»Fauler Sack«, murrte Filou und machte sich an die nächste Kiste. Ein Tischtennisschläger. Da konnte ein Ball nicht weit sein. Und endlich …

»Ich hab ihn!«

»Das Ei des Kolumbus«, murmelte Fidel und versuchte, der Puppenküche zu entsteigen, ohne Herd und Töpfe mitzunehmen.

Filou zerrte einen weichen, aus bunten Stoffresten zusammengenähten Ball aus der Kiste. Probeweise kickte er ihn hinüber zu Fidel. Der kickte zurück. Nach einigem Hin und Her nahm Filou den Ball zwischen die Zähne und sprang aufs Bett zu Lilly. Morgen würden sie spielen. Aber jetzt war er rechtschaffen müde. Er war eingeschlafen, bevor sich Fidel auf der anderen Seite von Lilly eingerollt hatte.

Der Morgen begann mit einem hässlichen Misston: Mit dem geräuschvollen Aufreißen des Vorhangs und Paulettes lauter Stimme.

»Was ist denn hier los?« Lillys Mutter hatte die Hände in die Hüften gestemmt und blickte mit zusammengezogenen Augenbrauen in die Runde. »Tiere im Bett sind schon schlimm genug! Aber was machen die ganzen Spielsachen auf dem Fußboden? Joli? Bel Ami?«

Sie drehte sich um zu Paul, der hinter ihr in der Tür stand, das Frühstückstablett in den Händen.

»Schau dir die Schweinerei an. Sie haben alles durchwühlt. Alles.«

Paul brummte etwas Unverständliches.

»Hab ich's nicht immer schon gesagt? Tiere gehören nicht ins Haus!«

Paul kratzte sich den Kopf unter seiner grünen Mütze. »Aber wir wissen doch gar nicht, wer …«

»Glaubst du vielleicht, Lilly hätte in ihren Spielsachen gewühlt? Nachts? Allein? In ihrem Zustand?«

»Nun lass sie doch erst einmal frühstücken.« Paul machte einen Schritt vor.

Filou und Fidel saßen aufrecht an Lillys Seite, das Mädchen hatte die schwarzen Kulleraugen weit aufgerissen, seine kleine Hand umklammerte einen bunten Ball.

»So ein süßes Kätzchen, hast du gesagt, Paulette. Und so ein nettes Möpschen«, wagte Paul einzuwenden.

»Ahh – ich bin also wieder mal schuld? Willst du mir das sagen?«

»Ich meine ja nur …«

»Raus mit dem Viehzeug!« Paulette klatschte in die Hände. Pflichtschuldig sprang Fidel vom Bett und kroch mit eingekniffenem Stummelschwanz darunter. »Und du auch, Roter!« Aber Filou dachte nicht daran. Denn Lilly neben ihm hatte das Gesicht verzogen und zu schniefen begonnen.

»Komm, Paulette, reg dich ab, seit die beiden da sind, geht es Lilly viel besser. Warum lässt du die Tiere nicht?«

»Weil sie alles durchwühlen. Unordnung machen. Womöglich hat jemand sogar sein Geschäftchen gemacht im Zimmer deiner Tochter!« Sie hatte die Nase erhoben und sog die Luft ein.

»Ich rieche nichts.«

Natürlich nicht, bemerkte Filou im Stillen. Da ist ja auch nichts. Wir wissen schließlich, was sich gehört. Und nun sag endlich was. Aber Paul schwieg. Er war, wie Filou schon seit einiger Zeit ahnte, ein Pantoffelheld.

Was ihr Vater nicht vermochte, erledigte Lilly. Sie ließ ein ohrenbetäubendes Geschrei ertönen.

»Aber Liebling!« Paulette stürzte vor und streckte die Hand nach ihrer brüllenden Tochter aus.

»Nein!«, schrie Lilly.

Paulette blieb wie angewurzelt stehen. »Aber Lilly, ich meine es doch nur gut …«

»NEIN!«

Was für eine Lautstärke! Obwohl ihm die Ohren schmerzten, empfand Filou Bewunderung. So klang kein krankes Kind. Lilly hatte ihre Eltern fest im Griff. Langsam fragte er sich, ob noch etwas anderes hinter ihrer Bettlägerigkeit steckte als eine allgemeine Schwäche nach Windpocken.

»Ist ja gut!« Paulette trat einen Schritt zurück. Dabei wäre sie fast über ein rotes Feuerwehrauto gestolpert.

Im Schutz der Stimmfülle seiner Tochter wurde sogar Paul mutig. »Die Tiere dürfen bleiben«, verkündete er resolut und stellte das Tablett mit dem Frühstück auf den Nachttisch. Lilly hatte die kleinen Fäuste gegen die Augen gepresst und atmete schwer.

»Liebling, da steht dein Frühstück«, murmelte Paul.

»Nun iss schön, ja?«, flötete Paulette.

Aber ihr Liebling antwortete nicht, bis die Eltern endlich, wie nach verlorener Schlacht, das Zimmer verließen.

Als die Tür zuklappte, nahm Lilly die Fäuste herunter, öffnete die Augen, lächelte ihre Spielkameraden an und sagte: »Nein.« Dann nahm sie sich ein Käsebrot vom Tablett und biss hinein.

Diesmal blieb für Fidel und Filou nicht viel übrig.

DREISSIG

Sie spielten den ganzen Tag »Fang den Ball« in Lillys Bett. Bis sie endlich aufstand. Lilly war wieder unter den Lebenden.

Das Kinderzimmer war längst aufgeräumt. Die Puppenküche stand an prominentem Platz vor dem Regal, und Fidel brachte Stunden damit zu, davor und darin zu hocken und mit den Töpfen und Pfannen zu klappern. Paulette bemühte sich um Freundlichkeit, wenn sie Fidel und Filou den Fressnapf füllte. Aber man merkte, dass es in ihr arbeitete.

Lilly wiederum schien gesund zu werden. Lilly frühstückte nicht mehr im Bett. Lilly warf den Ball für Filou, der Pirouetten drehte, während er nach ihm schnappte. Lilly lachte, wenn Fidel an der Reihe war und dem Bällchen japsend hinterherlief. Und mittlerweile jagte Lilly selbst dem Ball hinterher.

Paulette ließ das keine Ruhe. »Schätzelein, als du so krank warst, durften Joli und Bel Ami ins Haus und in dein Bett. Aber jetzt wird es langsam Zeit, dass sie draußen bei Salaud wohnen, findest du nicht?«

Filou horchte auf. In den Zwinger zu Salaud? Niemals!

»Nein«, hörte er Lilly sagen. Sehr bestimmt.

»Aber wenn du wieder ganz gesund bist ... Wenn du wieder in die Schule gehst ... wer soll sich denn dann um die beiden kümmern?«

»NEIN«, wiederholte Lilly.

Filou bewunderte sie dafür.

»Irgendwann muss das ein Ende haben«, hörte er Paulette abends in der Küche zu Paul sagen. »Ich finde, langsam sollten wieder normale Zustände einkehren. Plüschtiere reichen, findest du nicht?«

Paul gab etwas Unverständliches von sich, aber Filou wusste, dass auf ihn kein Verlass war. Die Zeit drängte also. Waren sie erst in Salauds Zwinger gelandet, war es zu spät. Er schlich sich davon, hoch in Lillys Schlafzimmer, wo Lilly und Fidel miteinander spielten.

»Mission erfolgreich beendet«, murmelte Filou, während er zusah. »Aber wie geht es weiter?« Denn der entscheidende Schritt ließ auf sich warten. Lilly musste möglichst bald die ihr zugedachte Rolle übernehmen. Sie musste ihre Freunde in die Freiheit führen. Nach draußen. In den Wald. In die Welt. Doch das Wetter stand ihren Plänen im Wege.

»Ob das mal aufhört zu regnen?« Fidel ließ sich schwer atmend neben Filou fallen.

»Du kannst Gedanken lesen, großer Mops.« Solange es regnete, durfte Lilly nicht nach draußen. Nur Paul ging täglich auf die Jagd und kam viele Stunden später völlig durchnässt zurück.

»Das ist kein Wetter für Hunde und Katzen«, pflegte er zu sagen, wenn er sich in der Küche aufwärmte. »Nur meinem Salaud, dem macht das nichts.«

»Ich kann es kaum erwarten. Andererseits ... Ich werde Lilly vermissen«, bemerkte Fidel nach einer Weile.

»Ich auch. Aber es geht nicht anders. Wir müssen nun mal ...«

»Nach Avignon«, sagte Fidel.

»Nach Hause«, sagte Filou.

Darüber stritten sie sich seit Tagen. Dass sie sich überhaupt stritten, war neu in ihrer langen Freundschaft. Fidel nannte seinen roten Freund faul und träge, Filou stichelte über Fidels Figur. Fidel bestand auf Avignon und nannte die Rückkehr nach Beaulieu unwürdig. Filou schimpfte ihn starrsinnig.

Es war das Wetter, das sie beide so reizbar machte. Und es war der ungewisse Faktor in ihrem Spiel: Würde Lilly sie gehen lassen?

»Woran sollte sie uns hindern? Sobald wir mit ihr im Freien sind – husch! Schon sind wir weg!«

»Hast du mal etwas von einer Hundeleine gehört, oh Weisester der Weisen? Was ist, wenn sie dich anleint?«

Das machte Fidel für einen kurzen Moment sprachlos. »Das ist eine rein hypothetische Frage«, sagte er endlich.

»In der Tat. Aber hast du bedacht, dass auch Gefühle lähmen können?«

»Du meinst – wenn sie weint?« Fidel machte die allertraurigsten Hundeaugen.

»Genau.«

»Ach, einer weint immer«, meinte Fidel leise. »Wenn ich an Herrchen denke … an Agathe …«

An Josephine und Felix. An Henri und Isabelle. An Marla. Filou fühlte sein Herz schwer werden.

Und so verging ein weiterer Regentag.

Doch eines Morgens regnete es nicht mehr. Noch zögernd tasteten sich Sonnenstrahlen in Lillys Zimmer.

»Es ist so weit«, flüsterte Filou.

Lilly war so aufgeregt, dass sie es kaum schaffte, die Schnürsenkel ihrer Sneakers zuzubinden. Beim Frühstück zappelte sie so lange herum, bis Paulette ein Einsehen hatte. »Also gut: raus mit dir! Aber pass auf, dass du nicht …«

Doch das Mädchen war schon aus der Küche gerannt, gefolgt von Fidel und Filou. Sie stürmten aus dem Haus und über den Hof und ließen einen traurig winselnden Salaud zurück. »Du darfst halt nur im Regen raus«, flüsterte Fidel ihm im Vorüberlaufen zu.

Es wurde ein Tag voller Magie. Die Sonne verwandelte den Wald in einen Zauberwald, auf allen Blättern glitzerte und blinkte es, bis die Sonnenwärme die letzten Regentropfen aufgeleckt hatte. Der Duft, der vom feuchten Waldboden aufstieg, war so unwiderstehlich, dass Filou und Fidel sich beseligt ins Moos warfen und auf den weichen Polstern wälzten.

Lilly war vorausgegangen. Sie holten sie auf einer Lichtung ein, wo das Mädchen auf einem umgefallenen Baum saß und das Gesicht mit geschlossenen Augen in die Sonne hielt.

Als Filou neben sie sprang, öffnete sie die Augen. Er erschrak. Es war eingetreten, was er befürchtet hatte: Die großen schwarzen Kulleraugen standen voller Tränen. »Ich werde euch vermissen«, flüsterte Lilly und küsste Filou auf die Stirn. Dann streckte sie die Hand nach Fidel aus, der seine Schnauze hineindrückte. »Aber ihr müsst fort. Sie wollen euch in den Zwinger stecken, zu Salaud. Und das ist fürchterlich.« Filou schnurrte. Fidel leckte ihr die Hand. Beide konnten sich nicht von ihr trennen.

Die Entscheidung traf Lilly. »Gebt gut auf euch acht.« Sie erhob sich, drehte ihnen den Rücken zu und ging.

Filou sah ihr nach, die Rute gesenkt. Er begann zu ahnen, warum Lilly krank geworden war. Dein NEIN ist stärker als jede Zwingertür, dachte er und schickte ihr den Gedanken hinterher. Hoffentlich vergaß sie das nie.

EINUNDDREISSIG

Es war eine Lust, wieder frei durch die Gegend zu stromern. Fidel und Filou wanderten gemächlich im Schutz von Kastanienbäumen und Kiefern. Im Gestrüpp am Wegesrand leuchteten schwarze Brombeeren, und eine Unzahl von Libellen und Schmetterlingen schwirrte wie erlöst um sie herum. Die Bäche, die sie überquerten, waren prall gefüllt, und aus den Felsen quoll die Nässe. Doch irgendwann, nach vielen Stunden, wich die Lust am Wandern und machte banger Sorge Platz. Filou und Fidel folgten nun schon seit Stunden einem schlammigen Waldpfad, in dessen tiefen Furchen das Wasser stand. Aber der Wald schien kein Ende zu nehmen.

»Weißt du, wie man das nennt, wenn man etwas tut, das nicht zum Ziel führt?«, fragte Fidel nach einer Weile.

»Nein, oh Weiser. Aber du wirst es mich gleich wissen lassen«, spottete Filou.

»Auf dem Holzweg sein.«

»Besser, als sich durch den Schlamm zu kämpfen, oder?« Filou schüttelte theatralisch erst die eine, dann die andere nasse Vorderpfote.

»Mitnichten. Ein Holzweg ist ein Weg, der dazu

dient, geschlagenes Holz aus dem Wald zu holen. Er führt also nirgendwohin.«

»Oh.«

»Oh ja. Hast du denn gar nichts gelernt in der Schule des Lebens, Flohfalle?«

»Ich Unwürdiger und Ahnungsloser verneige mich vor deiner überlegenen Weisheit, Mopsissimus!«

»Schlecht für dich. Ich habe nämlich nicht die geringste Ahnung, wohin dieser Weg führt und ob er überhaupt irgendwohin führt.«

»Das habe ich befürchtet«, seufzte Filou und blieb stehen.

»Ich wünschte, ich könnte fliegen«, sagte Fidel. »Was ich brauche, ist ein Überblick!«

Filou stellte sich den pummeligen weißen Mops mit Engelsflügeln vor. Ungeheuer komisch. Andererseits – die Sache mit dem Überblick war eine gute Idee.

Er äugte nach oben. Linker Hand stand ein Lorbeerbusch, der sich an eine grüne Eiche lehnte, deren Zweige sich mit denen einer uralten Kastanie verbunden hatten. Einer der Äste der Kastanie reichte fast bis an den kräftigsten der unteren Zweige einer Kiefer heran. Und die war der höchste Baum weit und breit.

»*Pinus sylvestris*«, murmelte Fidel.

»Wie meinen?«

»Kiefern besitzen eine tief in den Boden reichende Pfahlwurzel mit starken und lang gestreckten Seitenwurzeln, sind also ausgesprochen sturmfest. Wusstest du, dass eine Kiefer bis zu fünfhundert Jahre alt werden kann?«

»Ich weiß, dass ich nichts weiß. Vor allem weiß ich nicht genau, wie ich wieder runterkomme – aber rauf ist kein Problem«, antwortete Filou und sprang los.

Er kletterte die grüne Eiche hoch, bis er zur Kastanie überwechseln konnte, balancierte über einen großen Ast hinüber zur Kiefer und stieg immer weiter, bis er den Wipfel erreicht hatte. Um ihn herum herrschte emsiger Betrieb. Woll- und Schildläuse hockten in den Nadeln und schmückten sie mit weißen Wachsbällchen. Ameisenkolonnen liefen den Stamm entlang, es war kaum zu vermeiden, auf die eine oder andere draufzutreten. Zwergzikaden sprangen um ihn herum, sie hatten den Stamm der Kiefer wie mit Zuckerguss überzogen. An den frischen Trieben klebten Raupen, besonders auffällig waren riesige aschgraue Exemplare, die rote Pinsel und am Kopf schwarze Schnurrbarthaare trugen.

Der starke Geruch der Kiefernnadeln setzte seiner Nase zu. Filou pausierte auf einem Ast, ein paar Katzensprünge unter dem Wipfel. Über ihm gurrte etwas, raschelte in den Zweigen, stieg flügelschlagend auf. Eine Taube. Das ging ja noch. Unangenehm waren Greifvögel, die keine Angst vor Katzen hatten. Denen würde er hier oben ungern begegnen.

Er sah nach unten. Ein weißer Fleck, der sich bewegte: Das musste Fidel sein. Wenn er erst den Überblick hätte, würde er den Freund nicht nach Avignon, sondern nach Hause lotsen. Das war besser – für alle Beteiligten.

Er schaute nach oben – und blickte in ein braunes Gesicht mit flinken Augen und spitzen Öhrchen. Kaum hatte er es entdeckt, sauste das Eichhörnchen hinauf und davon. Schade, dachte Filou. Er hätte es gern ausgefragt. Also stieg er weiter. Und weiter. Und endlich war er hoch genug für jenen Überblick, den Fidel sich erbeten hatte.

Die Aussicht war atemberaubend. Rechter Hand erhob sich ein felsiges Plateau, darunter schlängelte sich majestätisch ein breiter Fluss. Links erstreckten sich Äcker und Wiesen, dazwischen Obstplantagen und ein Wäldchen. Alles Grün war vom Regen blank geputzt. Auf einem Berg türmte sich die graue Steinlandschaft eines Dorfes, gesäumt von Kaskaden blühender Kletterrosen, überragt vom Glockenturm einer Kirche.

Sie waren nicht auf dem Holzweg gewesen, das zeigte schon dieser erste Blick. Der Weg führte zu einer ordentlich asphaltierten Straße, sie mussten nur noch ein kleines Stück weitergehen.

Zufrieden hangelte Filou sich wieder nach unten, mit dem Hintern voraus. Dort, wo die Zikaden ihren Seim hinterlassen hatten, wäre er fast abgerutscht. Einmal konnte er sich nur mit knapper Not an einem Ast festhalten und wieder hochhangeln. Endlich zeigte ihm der Blick nach unten, dass es nicht mehr weit zum Boden war. Er sprang, drehte sich im Fluge und landete punktgenau neben dem Mops.

»Willkommen auf der Erde. Wie sieht es aus da oben?«

»Großartig. Wir sind genau richtig. Wenn wir dem Weg weiter folgen, treffen wir auf eine Straße. Und dann …«

»Und dann müssen wir nur noch die Straßenschilder richtig interpretieren – und schon sind wir da, wo wir hinwollen«, sagte Fidel mit einem Anflug von Galgenhumor.

»In Beaulieu«, sagte Filou.

»In Avignon«, antwortete Fidel.

Sie stritten sich nicht. Es war fraglich, ob sie auch nur eines ihrer Ziele würden erreichen können. Ungewissheit macht philosophisch, dachte Filou und schritt voran.

ZWEIUNDDREISSIG

Es war bereits früher Abend, als sie die Straße erreichten. Das Dorf auf dem Hügel schien noch schrecklich weit entfernt zu sein.

»Ich habe Hunger«, murmelte Fidel.

»Ach was«, knurrte Filou. »Essen wird überbewertet.«

»Nicht, wenn man Mops ist.«

Dagegen war schwer zu argumentieren. Und wenn er ehrlich war, spürte auch Filou ein gewisses Reißen und Beißen in der Magengegend. Noch immer war kein Haus zu sehen, während das Dorf auf dem Hügel bei jedem Schritt in die Ferne zu rücken schien.

»Wann ist eigentlich das letzte Mal ein Auto an uns vorbeigefahren? Gibt's hier keine Menschen? Das ist doch nicht normal, oder?«

»Nun«, antwortete Fidel. »Wahrscheinlich ist jetzt Essenszeit. Da ist kein normaler Franzose unterwegs. Denen sind ihre Mahlzeiten heilig.« Er klang sehnsüchtig.

»Dann hoffe ich mal, dass wir auf keine unnormalen Menschen treffen. Ich höre ein Auto.«

Sie huschten in das hohe Gras am Straßenrand. Das Auto kam näher, aber es fuhr langsamer und langsamer.

Es hielt. Sie duckten sich tiefer ins Gras. Eine Autotür wurde geöffnet. Schritte näherten sich. Und dann blickten sie auf zwei derbe Schnürstiefel über einer dunkelgrünen Hose.

»Ja, wen haben wir denn da?« Eine Männerstimme. Ein schlanker Mann mit kurzem, drahtigem Haar bückte sich zu ihnen hinunter. »Zwei gut genährte Haustiere, wenn ich mich nicht täusche. Seid ihr weggelaufen? Verloren gegangen? Hat man euch ausgesetzt?«

Nichts von alledem, dachte Filou und versuchte, den Grauhaarigen zu ignorieren.

»Verwildert seid ihr jedenfalls nicht, so manierlich, wie ihr ausseht. Vielleicht sollten wir Freundschaft schließen?«

»Endlich hat jemand mal eine richtig gute Idee«, bemerkte Fidel und stellte erwartungsfroh die Öhrchen auf.

»Ich trau dem Frieden nicht«, murrte Filou.

»Na, komm, du braves Hundchen!« Der Mann in Grün hielt Fidel die flache Hand hin.

»Und wenn es bei dem was zu fressen gibt?«, quengelte der Mops.

»Komm, seid brav, ich bring euch nach Hause.« Der Mann gab schnalzende Laute von sich. Menschen schienen zu glauben, dass das anziehend wirkte.

»Was hast du gegen den? Bei den Hippies bist du auch ins Auto gestiegen!«

Instinkt, dachte Filou. Und der sagt mir, dass hinter der freundlichen Stimme etwas steckt, was uns nicht gefallen dürfte.

»Nun mach schon, Mopserl, ich hab nicht den ganzen Tag Zeit.«

»Hörst du?«, raunte Filou. »Wir sollten zusehen, dass wir fortkommen.«

Er legte die Ohren an und zog sich bäuchlings zurück, ganz langsam. Eine Pfote nach der anderen setzte er nach hinten, ohne den Kerl in den grünen Hosen aus den Augen zu verlieren. Aber Fidel hörte nicht auf ihn. Der Mops hatte sich erhoben, ließ den Stummelschwanz rotieren und hechelte den Mann freundlich an.

»Na, du bist aber ein Schöner«, sagte der und beugte sich mit ausgestreckter Hand hinunter.

»Hau ab«, zischte Filou. »Das ist eine Falle!«

Doch Fidel ließ sich nicht beirren. Als der Mann einladend die Tür aufhielt, hüpfte er ins Auto.

»Aber wir wollen doch das rote Katerchen nicht zurücklassen, oder?« Der Kerl versuchte sich einzuschmeicheln. »Ihr seid so ein hübsches Paar!«

Und jetzt bewegte er sich auf das Grasbüschel zu, hinter dem Filou lauerte.

Fauchen! Knurren! Beißen! Das war alles, was er denken konnte, als sich eine Hand nach ihm ausstreckte. Im Auto hörte er Fidel ein aufforderndes »Wuff!« von sich geben. Die Hand kam näher. Die Stimme des

Mannes mochte freundlich klingen, aber die Hand roch ganz und gar nicht gut. Er gab ein leises Knurren von sich.

»Willst du deinen Freund alleinlassen?«, schmeichelte die Stimme.

Natürlich nicht. Er konnte Fidel nicht verlassen. Mitgegangen, mitgefangen, dachte er resigniert, wich der Hand aus und schlich mit gesenktem Schweif zum Auto.

Die Tür fiel hinter ihnen zu. Der Mann, der so verdächtig roch, setzte sich auf den Fahrersitz und startete den Motor. Filou tippte mittlerweile auf Jäger oder Förster.

Er hockte sich steif und kalt neben Fidel auf die Rückbank und fürchtete das Schlimmste.

Doch der Mops war bester Laune. »Und wie sagen wir ihm nun, dass wir nach Avignon wollen?«, fragte er.

»Gar nicht. Es dürfte ihn nicht interessieren.« Filou ließ resigniert den Kopf auf die Pfoten sinken. Was uns wohl erwartet? Ein Zwinger wie der von Salaud? Das Bett eines kleinen Mädchens? Oder die Tierfänger, von denen man in Beaulieu erzählte? Er hatte noch nie einen gesehen, aber es hieß, dass in unregelmäßigen Abständen Männer mit Lastwagen durch die Dörfer fuhren, um streunende Hunde und Katzen einzufangen und … Er durfte nicht daran denken. Was geschah mit den Tieren, nachdem man sie gefangen hatte? Noch niemand hatte das herausfinden können.

Er spitzte die Ohren. Der Wagen fuhr mit einem Mal langsamer, bog von der Straße ab, rollte über knirschenden Kies. Und dann hörte man eine unheimliche, vielstimmige Melodie.

DREIUNDDREISSIG

Es mussten Tausende von Hunden sein, die bellten, kläfften und jaulten. Ein ohrenbetäubendes Konzert. Grauenerregend. Furchteinflößend. Filous Atem raste, als sich das Gitter vor dem Korb öffnete, in den man ihn eingesperrt hatte, weil er nicht freiwillig aus dem Auto gesprungen war. Man hatte ihn am Schlafittchen gepackt! Entwürdigend.

»Und hier sind all deine Freunde! Die warten schon auf dich, um dich freudig zu begrüßen«, sagte eine fremde Menschenstimme. Filou lugte aus seinem Gefängnis hinaus. Eine Million unbekannter Gesichter starrte zurück. Da waren dreifarbige Katzen, schwarze, weiße, graue. Es gab Langhaarige und Kurzhaarige, Rassetiere und Prominentenmischungen. Einige blickten ihn feindselig an, andere gaben sich zurückhaltend, nur zwei junge schwarz-weiße Rabauken näherten sich verspielt dem Katzenkorb und schauten hinein.

»Komm raus«, lockte der Frechdachs. »Trau dich.«

Angespannt setzte Filou eine Pfote vor die Öffnung im Korb.

»Oh, ein Roter!«

»Na, ob der noch ein echter Kater ist?«

»Wir können ja mal nachsehen!«

An meine Juwelen lass ich keinen, dachte Filou und beschloss, den Katzenkorb lieber nicht zu verlassen.

Nach einer gefühlten Ewigkeit hörte er, wie sich das Gatter öffnete und ein Mensch den Zwinger betrat. Ein Gesicht schob sich vor die Katzenkorbluke. »Nanu?«, sagte eine Frauenstimme. »Noch immer im Körbchen? Dir ist wohl alles zu viel hier, oder? Das versteh ich. Aber wir können etwas dagegen tun.« Das Gesicht verschwand, und Filou merkte, wie der Korb hochgehoben wurde.

»Jetzt kommt er ins Futter«, spottete eine der Katzen.

Wenn ich könnte, wie ich wollte, dachte Filou, wärst du Katzengulasch.

Er wurde nicht lange durch die Gegend geschaukelt. Als er diesmal aus dem Katzenkorb lugte, war er allein. Er sah einen Stuhl mit einem Polster und ein seltsames Gebilde, eine Art Baum mit Ästen, die in Scheiben mündeten, die ebenfalls gepolstert zu sein schienen. Filou kletterte aus dem Korb und sah sich um. Der Raum war nicht groß, aber er hatte ein Fenster und war sauber und wohlriechend. Nur eine einzige schwache Duftnote ließ auf ein anderes Tier schließen. War er womöglich doch nicht allein?

»Ich habe keine Lust auf Streit. Ich bin alt und will meine Ruhe«, sagte eine Stimme über ihm. »Also entspann dich. Es ist auch noch zu essen da. Und der Platz auf dem Stuhl ist sehr bequem.«

Filou blickte auf. Hoch oben auf dem seltsamen Baum saß etwas, ein Tier mit einem grau gestreiften Gesicht, dem ein Auge fehlte.

»Ich heiße Odin und schlafe jetzt weiter«, sagte der alte Kater und zeigte beim Gähnen ein beinahe zahnloses Maul.

Das Futter in der linken der beiden Schüsseln roch gut, aber Filou wollte nichts essen. Er trank gierig vom Wasser in der anderen Schüssel. Dann überprüfte er den Stuhl mit der Nase, bevor er hinaufsprang und sich zusammenrollte. Auch hier gab es keine aggressiven Markierungen. Und das war in Ordnung. Er wollte ungestört nachdenken. Denn er ahnte, wo sie gelandet waren – an einem Ort, den alle Tiere fürchteten, weil sie Angst hatten, ihn nie wieder zu verlassen. Höchstens als Leiche.

Als Erstes musste er dafür sorgen, dass Fidel und er wieder zusammenkamen. Und dann galt es, einen Plan zu ersinnen, der sie zurück in die Freiheit führte.

Es musste schon spätabends sein, als er wieder erwachte, denn draußen war es dunkel. Ein Hund heulte. Sonst war alles still. Und deshalb hörte er die Schritte schon, als sie noch weit entfernt waren. Ein Schlüsselbund klirrte. Jemand summte eine Melodie. Und endlich wurde die Tür zu seinem Gefängnis aufgeschlossen. Im Nu war Filou zum Eingang gesprungen. Vielleicht hatte er ja eine Chance?

»Du bleibst mir hübsch hier«, sagte die Frau leise lachend, die jetzt die Tür vorsichtig öffnete. Sie war klein und kugelrund und trug ihr Haar in einem dicken schwarzen Zopf. »Ich will nur schauen, wie es dir hier geht bei dem alten Griesgram.«

»Hör nicht auf sie«, brummte Odin. »Nadira erzählt jede Menge Unsinn, wenn der Tag lang ist. Aber sie ist lieb.«

Nadira kniete sich vor Filou, nahm seinen Kopf in beide Hände und kraulte ihm mit weichen, warmen Händen die Ohren. Da musste er einfach schnurren, er konnte nicht anders.

»Hast du denn ordentlich gefressen?«, sagte sie endlich, stand auf und sah sich um. »Meine Güte, der Fressnapf ist ja noch fast voll! Was ist denn nur los mit dir?«

Ich will hier raus, das ist los, dachte Filou. Zusammen mit dem Mops, bitteschön. Und das ganz schnell.

Nadira betrachtete ihn lange. Dann seufzte sie tief auf. »Du bist einsam, nicht wahr? Der gute alte Odin ist wenig unterhaltsam, oder?«

Gut erkannt, dachte Filou und schmiegte sich an ihr Hosenbein.

»Ich weiß, wie das ist: einsam sein.« Nadira ließ sich schwer auf den Stuhl fallen. »Wenn ich die Tiere nicht hätte, wäre ich der einsamste Mensch auf der ganzen weiten Welt.« Sie klopfte mit der flachen Hand auf ihren Schoß. Filou verstand, was sie wollte, aber ihm widerstrebte das, er war schließlich kein Schoßtier. Andererseits: Wenn es sie tröstete? Dann war es seine Pflicht, und auch das konnte Vergnügen sein. Er sprang leicht wie eine Feder auf ihren Schoß.

»Es muss ja nicht gleich Liebe sein«, murmelte Nadira. »Ein guter Freund ist manchmal mehr wert als …« Sie biss sich auf die Lippen. »Was sag ich da. Natürlich. Ich hätte es mir ja denken können. Du vermisst deinen Freund.« Sie nahm Filou auf den Arm, küsste ihn auf die Nase, stand auf, setzte ihn auf den Stuhl und ging zur Tür. »Bin gleich wieder da«, sang sie.

»Wenn man nichts isst, werden sie ganz nervös«, raunzte Odin. »Dann kann man alles von ihnen haben. Guter Trick, roter Freund.«

Filou nahm das Kompliment entgegen, obwohl er es gar nicht verdient hatte, und horchte in die Nacht. Eine Eule rief. Sonst war es still. Bis im Nachbarhaus das Chaos ausbrach. Hunde winselten und jaulten, bellten, kläfften, heulten. Ein für jedes empfindsame Wesen unerträglicher Lärm. Filou flüchtete unter den Stuhl.

»Dumme Kreaturen«, brummte Odin über ihm. »Müssen immer Theater machen. Keine Disziplin. Keine Zurückhaltung. Unwürdig.«

Endlich ebbte das Gekläffe ab. Und nach einer Weile hörte man wieder Schritte im Flur. Endlich ging die Tür wieder auf.

»Und nun schau einmal«, sang Nadira, »wen ich hier habe!«

Filou hatte sich bemüht, sein Versteck in würdiger Haltung zu verlassen, aber Fidel verpatzte seinen Auftritt. Er führte sich auf wie ein Welpe, japste und winselte und jagte seinen Stummelschwanz, kurz: er war kaum zu bremsen.

»Ist ja gut, Alter«, knurrte Filou schließlich. »Kein Grund für Freudentaumel. Wir sind immer noch gefangen. Aber bei mir gibt's wenigstens was zu essen.«

Blitzartig stellte Fidel den Affenzirkus ein und stürzte sich auf den Fressnapf.

Nadira stand in der Tür und sah ihm lächelnd zu. »Jetzt wird alles gut«, sagte sie.

VIERUNDDREISSIG

Nadira wird uns helfen«, erklärte Fidel, nachdem er am nächsten Morgen Frühstück für zwei verschlungen hatte.

»Meinst du?« Filou hatte da seine Zweifel. »Nadira ist lieb, ganz bestimmt, aber sie ist Teil des Systems. Sie wird uns nicht einfach so laufen lassen können.«

»Ihr wollt hier raus?« Odin über ihnen lachte keckernd. »Das könnt ihr vergessen. Das hier ist ein Hochsicherheitstrakt.«

»Sind die Tiere, die hier landen, vielleicht Schwerverbrecher?« Fidel klang beleidigt.

»Natürlich nicht. Wir sind hier, weil kein Mensch uns will«, meinte Odin müde. »Das beantwortet wohl die Frage nach den Verbrechern.«

»Aber wir *haben* Menschen, die uns wollen!«, rief Fidel. »Herrchen vermisst mich bestimmt!«

Daran hättest du früher denken sollen, Mops, dachte Filou.

In diesem Moment begannen die Hunde wieder zu bellen. Doch jetzt hatte sich ein neuer Ton in ihr Konzert gemischt. Das war nicht die übliche Aufregung. Das klang nach … Filou suchte nach der Antwort, die doch so nahe lag. Wenn sie derart in Aufruhr waren, dann bedeutete das …

»Sie sind wütend. Sie wollen jagen«, flüsterte Fidel. »Sie wittern Feinde, die sie zur Strecke bringen wollen.«

Filou beäugte seinen Freund. Ob das Geheul den Mops anstecken würde? Und was würde dann geschehen? Wen würde er jagen?

Die Aufregung der Hunde erfasste alle. Draußen vor dem Fenster hörte man erregte Stimmen, Menschen riefen etwas, das er nicht verstehen konnte. Und jetzt wurde das Geheul und Getobe überlagert von einem anderen Geräusch, einem unheimlichen Wispern und Scharren und Summen, tausendfach verstärkt. Was um Himmels willen war das?

»Das Ende ist nah«, tönte über ihnen dumpf Odins Stimme.

Fidel stand unter dem Fenster, horchte hinaus, zitterte vor Anspannung. Filou spürte, wie sich sein Fell aufstellte. Selbst wenn es nicht das Ende bedeutete – was da draußen geschah, war furchteinflößend.

Und dann, als ob es draußen nicht schon laut genug wäre, ein Schrei, der all das noch übertönte. Fidel japste auf. Filou knurrte in maßlosem Erschrecken. Der Schrei ging ihm durch Mark und Knochen, weckte alle Urinstinkte. So klang Kampfgeschrei. Wutgebrüll. Triumphgesang. Mit einem Satz war er auf dem Fenstersims und blickte hinaus. Menschen standen mit dem

Rücken zu ihm, sie starrten auf etwas, es war groß und vielfarbig und bewegte sich wie eine Riesenwelle auf sie zu.

»Fidel«, flüsterte Filou. »Mach dich bereit.«

»Was siehst du? Was ist da draußen los? Was sind das für Geräusche?« Fidel machte den fruchtlosen Versuch, zum Fenstersims hochzuklettern.

»Ich weiß es nicht«, raunte Filou. »Aber was immer es sein mag: Vielleicht ist es unsere Chance. Wir stellen uns an die Tür. Und wenn jemand kommt …«

Er sprang vom Fenstersims und lief zur Tür. Fidel folgte ihm.

»Lasst alle Hoffnung fahren«, tönte es von Odins Hochsitz.

Fidel und Filou warteten, atemlos vor Anspannung. Von draußen hörte man jetzt erregte Stimmen. »Wahnsinn!«, riefen einige, und: »Das gibt es doch nicht!«

»Was geht da vor?«, wisperte Fidel.

»Wir müssen hier raus«, knurrte Filou. Und dazu brauchten sie Hilfe. Menschliche Hilfe.

Er kannte nur noch einen Weg, um die Aufmerksamkeit auf ihr Schicksal zu lenken, ein einziges Mittel, von dem er überdies nicht wusste, ob es sich gegen das Pandämonium da draußen durchsetzen konnte. Mit dem Mut eines Verzweifelten stellte er sich auf die Hinterpfoten und ließ einen gellenden Schrei los. Und noch einen. Ein Schrei, der durch alle Mauern drang und alle Hindernisse überwand. Ein Ruf um Beistand, der bislang immer geholfen hatte. Er war seine letzte Hoffnung.

Filou ließ sich wieder sinken. Zitternd horchten Mops und Kater auf die Geschehnisse außerhalb der Mauern, wagten kaum zu atmen. Und endlich hörten sie Schritte. Ein Mensch hastete über den Flur. Schloss die Tür auf. Kam herein.

Doch bevor Nadira »Ist alles in Ordnung mit euch?« rufen konnte, waren Filou und Fidel zwischen ihren Beinen hindurchgeschlüpft und rasten mit Höchstgeschwindigkeit den Gang entlang.

»Hoffentlich führt der Weg zum Ausgang«, keuchte Filou.

»Und hoffentlich ist die Tür auch offen«, fauchte Fidel.

Sie hatten Glück und stürmten ins Freie. Doch hier erwartete sie ein Anblick, der sie starr vor Schreck stehen bleiben ließ.

Vor dem Zaun, der das Tierheim umgab, ballte sich eine vielfarbige und vielgestaltige Masse, die sich langsam emporbewegte. Wie Milch, die überkochte. Wie eine Luftmatratze, die aufgeblasen wurde. Fast hatte die Woge die Zaunkrone erreicht, etwas balancierte bereits ganz oben auf dem Draht, ein kleines rotes Wesen, den Schweif wie eine Fahne aufgestellt.

»Felix!«, riefen Fidel und Filou gleichzeitig.

»Hallo Dad! Hallo Fidel!«, johlte Felix. »Wir holen euch hier raus!«

Und dann ging alles rasend schnell. Das Meer aus Katzenleibern wogte hoch, und die ersten Tiere kletterten auf der anderen Seite wieder herunter, um am Fuß des Zauns im Hof des Tierheims eine Pyramide zu bilden. Eine Treppe, erkannte Filou. Für ihn war sie nicht gedacht. Er hätte den Zaun auch ohne diese Hilfe überwinden können. Nicht aber der Mops. Die Katzen hatten also an Fidel gedacht! An einen Hund, der zu ihren Todfeinden gehörte!

Ja, es geschahen Zeichen und Wunder. Vielleicht war das hier nicht das Ende, wie der alte Odin prophezeit hatte. Vielleicht war es ein Anfang.

»Komm«, flüsterte er dem Freund zu. »Sie bauen eine Brücke über den Zaun. Das ist unser Weg in die Freiheit!«

»Ich soll da hoch? Ich soll auf Katzen treten?«, fragte der Mops mit Entsetzen in der Stimme.

»Denk nicht dran.« Filou spurtete los. »Stell dir vor, es wäre der Schoß einer Dame im Pelzmantel.«

»Damen in Pelzmänteln gibt's bei uns im Süden nicht«, murmelte Fidel und hechtete hinterher.

Als Männer mit Besen angerannt kamen, um den Katzenschwarm zu verjagen, war schon alles vorbei. Nachdem Fidel schwankend über die warmen, weichen Katzenleiber hoch und auf der anderen Seite wieder herunter in die Freiheit gestiegen war, huschte ein Tier nach dem anderen zurück über den Zaun und schloss sich dem Heer der Katzen an, das wie ein dunkler Strom davonschoss. Fidel und Filou in seiner Mitte, begleitet vom wütenden und enttäuschten Geheul der Hunde, das immer leiser wurde, bis man nur noch das Geräusch weicher Katzenpfoten hörte.

FÜNFUNDDREISSIG

»Wie weit ist es noch?«, keuchte Fidel.

»Überhaupt nicht mehr weit«, maunzte Felix, der in Bocksprüngen neben ihnen herlief.

Ja, die Jugend, dachte Filou, der langsam außer Atem geriet. Hat mehr Kraft, als sie braucht.

»Soll ich euch erzählen, wie ich euch gefunden habe?«

Felix hatte sie gefunden? Filou war ganz gerührt vor Stolz auf seinen Filius.

»Madame Rougemont hat sich eine kleine Katze geholt, aus dem Tierheim, Pepita heißt sie, die ist ganz süß.«

Klang der Kleine etwa schwärmerisch?

»Und die hat mir von einem weißen Mops und einem roten Kater erzählt. Und da hab ich zwei und drei zusammengezählt.«

Fidel murmelte irgendetwas, aber er war so außer Atem, dass er nicht zu verstehen war. Wahrscheinlich wollte er wieder mal eine seiner schlauen Anmerkungen machen.

»Dann bin ich zu Hercule, und der hat gesagt: ›Die holen wir raus!‹ Und weißt du, was er gemacht hat?«

»Erzähl!«, keuchte Filou.

»Er hat eine Stafette organisiert!«

»Eine Stafette.« Aha. Was immer man sich darunter vorstellen musste.

»Einfach genial! Jeder von uns hat fünf Katzen Bescheid gesagt, und die mussten wieder fünf Katzen Bescheid sagen undsoweiter, und dann haben wir uns alle am Ortseingang versammelt und sind losmarschiert. Davon werden noch meine Kinder und Enkel erzählen!«

Kinder und Enkel? Wurde Felix etwa erwachsen?

»Und das ist noch nicht alles. Zu Hause wartet eine Riesenüberraschung auf dich, Dad!«

Felix schaute ihn mit großen Augen an. Filou blinzelte zurück. Und spürte, wie alle inneren Vorbehalte schwanden wie eine Regenpfütze in der Sonne. Er war unendlich stolz auf seinen Sohn. Ab jetzt durfte Felix alles, was er wollte – sogar Dad zu ihm sagen.

Die wilde Meute war längst weitergerast, eine Straße entlang, auf eine Brücke zu. Mit klopfendem Herzen erkannte Filou die alte Steinbrücke, die über die Ligne führte, den Fluss, der Beaulieu in zwei Teile schied. Jetzt klopfte sein Herz nicht nur des Tempos wegen. Er war zurück in der Heimat.

Das Katzenheer war spurlos verschwunden, in alle Winde auseinandergestoben. Felix, Filou und Fidel fielen in einen langsamen Trott.

»Ich will nach Hause«, murrte Fidel erschöpft.

»Erst die Überraschung!«, maunzte Felix und lief

mit frischer Energie voran, durch die Grande Rue auf die Place de la Patrie. Auf dem Pétanque-Platz warfen die alten Männer ihre Kugeln, man hörte sie rufen, wenn eine Kugel gegen die andere klackte. Im Café de la Paix saßen munter schwatzende Menschen unter den Sonnenschirmen. Und vor dem Kriegerdenkmal, dem großen grauen Obelisken, unter dem sich Fidel und Filou immer getroffen hatten, wartete …

»Das Empfangskomitee!«, jubelte Felix und stellte den Schweif hoch wie eine Standarte. »Tata!«

Fidel setzte sich verdutzt auf die Hinterbeine. Filou blieb neben ihm stehen und zuckte nervös mit dem Schwanz. Doch dann gab es kein Halten mehr.

Fidel konnte sich nicht entscheiden, wen er zuerst begrüßen sollte: Herrchen oder die sichtlich runder gewordene Agathe. Er lief vom einen zur anderen, glücklich japsend, mit kreisendem Hinterteil. Herrchen wischte sich die feuchten Augen und sagte: »So wie du aussiehst, rank und schlank und durchtrainiert, darf ich dich wohl nicht mehr Fettsack nennen, oder?«

»In der Tat nicht«, knurrte Agathe. »Sonst beiß ich dein Herrchen wohin.« Fidel küsste ihre Nase.

Filou hatte sich selig schnurrend von Marla auf den Arm nehmen lassen und rieb seine Wange am seidenweichen Gesicht von Josephine, die auf Isabos Armen hockte. Felix war Henri auf die Schulter gesprungen und erzählte begeistert von seinen Heldentaten.

»Also, ich hab zu Hercule gesagt: ›Wir sind viele,

und niemand kann uns aufhalten!‹ Und darauf hat Hercule …«

Josephine verdrehte die Augen. »Das werden wir noch lange zu hören bekommen«, flüsterte sie.

»Es ist eine Heldengeschichte«, flüsterte Filou zurück. »Und die werden auch noch seine Kinder und Kindeskinder hören wollen.«

»Kinder? Felix?« Josephine sah erschrocken hoch zu ihrem Jüngsten.

»Sie heißt Pepita und gehört Madame Rougemont.« Filou konnte sich ein Grinsen nicht verkneifen.

»Richtig, die Kleine hat ihm von einem weißen Hund und einem roten Kater erzählt, so kamen wir überhaupt auf unseren Plan.«

»Was bin ich froh«, seufzte Filou. »Ich hatte solche Angst, euch nie wiederzusehen.«

»Und was lehrt uns das?«, fragte Josephine spitz. »Vielleicht solltest du deine Abenteuerlust künftig etwas zügeln.«

Jetzt bitte keine Standpauke, dachte Filou. Der Augenblick ist viel zu schön.

»Woher wussten eigentlich alle, dass wir zurückkehren würden?«, fragte er, schon um Jo abzulenken. »Ich meine: Mit so einem Empfangskomitee hätte ich nicht gerechnet.«

»Tja, mein Lieber.« Josephine ließ kokett die Ohren spielen. »Es hat ziemlich gedauert, bis ich sie alle beisammen hatte. Menschen sind manchmal ganz schön schwer von Verstand. Bis auf Marla. Die hat es gleich kapiert.«

Filou blickte hoch in die hellbraunen Augen in dem vertrauten Gesicht. Marla lächelte, als ob sie verstanden hätte. »Josephine hat uns alle zusammengetrommelt«, sagte sie. »Ist das nicht schön?«

So hätten sie ewig stehen können, dort vor dem Kriegerdenkmal von Beaulieu, die Katzen und Hunde und Menschen. Doch Céline, die ihren Arm um Marcel gelegt hatte, klatschte schließlich in die Hände mit den rotlackierten Nägeln und rief: »Champagner für alle! Wir haben zu feiern!«

»Dass Fidel und Filou wieder da sind! Und Marla«, sagte Isabo und lächelte sie an.

»Das – und: unsere Schwangerschaft! Agathe bekommt Vierlinge vom besten Deckrüden Frankreichs, von Jean-Luc Vicomte de Mende!«

Während oben die Gläser kreisten, saßen die Tiere unter dem Tisch. Josephine leckte Filou die Nase, und Filou leckte Felix die Ohren und wunderte sich über seine Gefühle. Alles war plötzlich so leicht! So licht! So klar!

Fidel und Agathe beschäftigte etwas anderes.

»Das war vielleicht ein Langweiler, unser guter Jean-Luc!« Die schwarze Agathe kuschelte sich an den weißen Fidel. »Der bildete sich sonst was ein auf seine Gene. Aber woher sollte er auch ahnen …«

»Shhh!«, machte Fidel. »Es soll unser Geheimnis bleiben, ja?«

Er war zwar nicht bis nach Avignon gekommen. Aber es sah ganz so aus, als ob er dennoch zur rechten Zeit am rechten Ort gewesen sei. Unter einem blühenden Rosmarinbusch.

Sophie Winter

ist eine deutsche Schriftstellerin, die mit drei Katzen in Südfrankreich lebt. Unter einem anderen Pseudonym schreibt sie erfolgreich Kriminalromane.

Mehr von Sophie Winter:

Filou. Ein Kater sucht das Glück
Filou. Ein Kater auf Abwegen

(Beide Romane sind auch als E-Book erhältlich.)

GOLDMANN
Lesen erleben